Dello stesso autore in BUR Rizzoli

Agosto, moglie mia non ti conosco
Cantilena all'angolo della strada
Celestino e la famiglia Gentilissimi
Il diario di Gino Cornabò
L'eroe
Giovinotti, non esageriamo!
In campagna è un'altra cosa
L'inventore del cavallo
Manuale di conversazione
La moglie ingenua e il marito malato
Il povero Piero
Se la luna mi porta fortuna
Tragedie in due battute
Trattato delle barzellette
Vite degli uomini illustri
87 tragedie in due battute

ACHILLE CAMPANILE

ASPARAGI E IMMORTALITÀ DELL'ANIMA

introduzione di Silvio Perrella

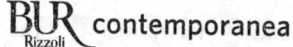

Proprietà letteraria riservata
© 1974, 1978 RCS Rizzoli Libri S.p.A., Milano
© 1999 RCS Libri S.p.A., Milano
© 2017 Rizzoli Libri S.p.A. / BUR Rizzoli

ISBN 978-88-17-68043-1

Prima edizione Rizzoli 1974
Prima edizione BUR 1978
Sesta edizione BUR marzo 2017

Seguici su:

Twitter: @BUR_Rizzoli   www.bur.eu   Facebook: /RizzoliLibri

La serena levità di Achille Campanile

Asparagi e immortalità dell'anima fu pubblicato nel 1974, insieme all'edizione tascabile di *Agosto, moglie mia non ti conosco*, introdotta da Enzo Siciliano. Nell'uscita contemporanea di questi due titoli – dal secondo al primo passano più di quarant'anni – non solo c'era il segnale di una rinnovata attenzione per il mondo espressivo di Campanile, ma anche la conferma che, mutate le stagioni, lui era rimasto se stesso e poteva essere letto andando indietro nel tempo, come spingendosi avanti.

D'altronde, come era già avvenuto con *Manuale di conversazione*, che l'anno precedente aveva vinto il Premio Viareggio, *Asparagi e immortalità dell'anima* è un libro che raccoglie testi scritti in un periodo di tempo molto ampio. Alcuni, ad esempio, risalgono addirittura al '25.

Non è certo, Campanile, un autore su cui sia facile fare della filologia. Sono le sue stesse abitudini compositive a mescolare le carte sin dall'inizio. È Oreste Del Buono, uno dei suoi maggiori estimatori, insieme ad Umberto Eco, a raccontarci di un Campanile che quando faceva il suo ingresso in una redazione «aveva sempre le tasche pieni di foglietti già scritti, pezzi di carta coperti in altre occasioni della sua grafia nervosa. Se il giornale aveva bisogno di un articolo su qualsiasi argomento, Campanile estraeva dalla tasca i suoi foglietti, li spianava sul tavolo, carezzandoli e interrogandoli con occhio affettuoso, ma anche esigente, come si può consultare la figura messa in evidenza dall'andamento di un solitario o il fondo di una tazzina di caffè per trarne un oroscopo. E, a un certo punto, si metteva in moto, cancellando o sovrapponendo parole nei foglietti già scritti e magari invertendone l'ordine, poi lavorandoci ancora sopra con accanimento e volubilità. E, alla fine, l'articolo necessario era ormai pronto per venir mandato in tipografia, e appariva assolutamente nuovo, pure avendo un'aria indiscutibilmente familiare. Ma in altri momenti, quando in redazione non avevano bisogno di lui, era possibile vederlo tutto intento a riempire altri foglietti, estratti bianchi dall'inesauribile tasca, con spunti, divagazioni, impulsi venutigli in mente d'improvviso, che avrebbe immesso nei prossimi suoi testi teatrali e nelle prossime sue puntate di romanzo».

L'autore delle *Tragedie in due battute* aveva dunque uno spirito combinatorio. D'altronde, basta badare ai suoi giochi linguistici, fatti a volte di piccole permutazioni vocaliche o sillabiche (*La quercia del Tasso* è uno degli esempi più conosciuti e virtuosistici) per averne una conferma flagrante. Il linguaggio è un oggetto che Campanile smonta e rimonta e non gl'importa se qualche pezzo rimane fuori, inutilizzato. Prima o poi gli tornerà di certo utile.

Questi molteplici foglietti, Campanile li aveva dimenticati nei luoghi più impensati, quando, come ricorda Giorgio Montefoschi, all'inizio degli anni Settanta fu stimolato da Mario Spagnol a portarli nuovamente alla luce. A Montefoschi, incaricato di tenere i rapporti tra l'autore e la casa editrice (la Rizzoli), Campanile apparve come un «uomo superiore, sereno, divertentissimo».

Da qualche tempo, lui nato a Roma, viveva a Velletri in campagna. Abbandonato il monocolo, portava una lunga barba bianca, che dava ancora più risalto ai suoi occhi chiari. Ed era pronto, sia pure sbadatamente, a essere riscoperto, come a cicli è sempre avvenuto con i suoi libri.

La scrittura di Campanile somiglia un po' alla sua figura fisica e alle sue abitudini di vita. Sembra che a Campanile la lingua non faccia resistenza. Nelle sue mani, l'italiano si trasforma in una lingua capace di far ridere educatamente; «un italiano» così lo ha ben descritto Masolino D'Amico «dalla purezza ostentata vorrei dire fino all'ironia: l'italiano che una volta la scuola tentava di inculcare, e che per un po' fu almeno ufficialmente l'idioma della buona borghesia».

È forse per questa ragione che la risata che suscitano le pagine di Campanile non è mai greve. Anzi, a volte non è davvero necessario che si rida davvero in modo esplicito. Tra la risata sonora e quella muta, in genere viene da lui stimolata la seconda. Curiosamente, però, la somma delle risate interiori trasmette una sensazione di levità. Il corpo si riempie d'ossigeno ironico e può, come succede in una celebre scena di *Mary Poppins*, ritrovarsi a mezz'aria. In effetti, è proprio così che si finisce col leggere Campanile: a mezz'aria.

Ciò che sembra stare più a cuore a Campanile è il ritmo. Il suo segreto è nel ritmo che credo vada cercato.

È utile fare un esempio tratto dal libro che vi apprestate a leggere o a rileggere. Nel brano intitolato *Il freddo*, due villici provenienti dalla Brianza fanno il loro solenne ingresso nella città di Milano. Uno dei due ha portato con sé un gallo di nome Pippo, con l'intenzione di venderlo. Ma è tale il freddo milanese che i due amici, prima di «dedicarsi alle rispettive bisogne», sentono la necessità di fermarsi in un'osteria per riscaldarsi con qualche bicchiere di vino. Presto i bicchieri si moltiplicano, le bottiglie si svuotano, finché un anonimo avventore, coinvolto nella comune allegria delle bevute, grida: «E a Pippo nessuno pensa? Anche lui deve combattere il freddo».

La proposta è accolta all'unanimità. Peccato, però, che: «Essendo Pippo astemio, capitò che, negli sforzi combinati per convincerlo ad accettare un sorso, gli rovesciassero addosso addirittura una bottiglia di quel buono. Sotto la doccia che chissà quanta gente avrebbe fatto felice, il gallo in segno di protesta cominciò a starnutire. Allarmati, gli amici consigliarono l'afflitto Guglielmo di metterlo ad asciugare sulla stufa accesa. Ivi posto, Pippo, invece d'asciugarsi, cominciò prima a starnazzare, poi a sussultare ritmicamente danzando una specie di charleston, indi a fumare in un modo che non lasciava presagire nulla di buono e infine restò fermo in un'immobilità atta a destare le più giustificate apprensioni in chiunque amasse il sobrio animale e soprattutto nel proprietario. Di fatti questi, tolto il gallo dalla stufa, lo scosse, l'esaminò e dovette ben presto convincersi dell'amara verità: Pippo era crepato».

So che citare questo pezzo, potrebbe togliervi il piacere della scoperta. Ma lo trovo talmente irresistibile che, appunto, strizzando l'occhio a Campanile (come d'altronde capita a tutti quelli che si occupano di lui), non ho resistito, e ne ho citata una buona parte.

L'irresistibilità di questo pezzo è però (ritorniamo così al nostro discorso) dovuta soprattutto al suo ritmo. Direi, anzi, che si tratta di un brano ritmicamente perfetto. Inoltre, l'uso di avverbi come ivi o indi o di verbi come crepare (invece che morire) rende l'umorismo ancora più incontenibile e conferma la descrizione dell'italiano di Campanile fatta da Masolino D'Amico.

D'altronde, Campanile dà il massimo di sé quando racconta un procedimento, elencandone le fasi come fossero una formula algebrica che deve avere come risultato una risata, sonora o muta che sia. E, ancora una volta, questo pezzo ne è una perfetta dimostrazione.

Campanile è un autore integralmente laico. È laico soprattutto nei confronti della letteratura. Leggerlo, ad esempio, può essere utile a corazzarsi nei confronti del sublime. Quando si frequenta per un po' il suo mondo, capita che la vita quotidiana cominci a prenderne le forme. E ci sembra che le sue invenzioni influenzino il nostro sguardo e il nostro udito.

Ma se c'è un argomento su cui il laicismo di Campanile è inequivocabile, questo è la morte.

Ha ragione Umberto Eco, Campanile ha una consuetudine sorprendente con la morte. Forse sta in questa consuetudine il segreto della sua serena levità; una serena levità di chi sa, come si legge in *Asparagi e immortalità dell'anima*, che siamo «tutti vasi incrinati, siamo tutti feriti». E prende atto coltivando quel sentimento del contrario che secondo Luigi Pirandello dà vita al vero umorismo. E d'altronde, fu proprio Pirandello uno dei primi ammiratori dell'umorismo di Campanile.

Leggendo i libri di Achille Campanile ci si può chiedere se in Italia si rida ancora. O almeno, se si rida nei modi suggeriti dalle sue pagine. In effetti, leggere Campanile significa prendere atto che un mondo è definitivamente tramontato. Se da un lato è vero che la quotidianità può ancora prendere la forma di una delle sue tante tragedie in due battute; dall'altro lato è altrettanto vero che l'umorismo di Campanile presuppone la condivisione di alcuni valori, irrisi i quali si libera la risata. L'umorismo in genere è possibile solo se c'è una comunità. E quello di Campanile, in particolare, è nato e cresciuto secondo un'ottica nazionale.

Al contrario, oggi, la gran parte della comicità ha una marcata origine regionale e fa un cospicuo uso del dialetto. È anche questo un segnale di una nuova frammentazione sociale, nella quale prevale un'espressività locale. Da questo punto di vista, l'umorismo paradossalmente educato e «italiano» di Campanile, è destinato a essere messo da parte. Se ciò avvenisse, però, tutti noi saremmo d'improvviso più pesanti e ci rimarrebbero solo risate grevi; quelle risate che sempre più amaramente e di frequente siamo costretti a fare.

SILVIO PERRELLA

ASPARAGI
E IMMORTALITÀ DELL'ANIMA

Pantomima

La bella Angelica Ribaudi, coi biondi capelli in disordine e le fresche gote di diciottenne arrossate, affannando per aver fatto le scale a quattro a quattro, si fermò un attimo sul pianerottolo per calmarsi; indi mise pian pianino la chiave nella serratura, girò delicatamente, spinse la porta senza far rumore e scivolò in casa come una ladra.

Voleva arrivare prima di sua madre, ch'ella aveva intravisto in fondo alla strada scendere dal tram. Non già che la turbasse l'idea di rincasare tardi per la cena, ma una volta tanto ch'era arrivata un po' meno tardi del solito poteva esser comodo evitare i rimproveri e le frasi amare della madre e magari farle credere d'essere arrivata molto prima. Non le capitava mai di rincasare quando la mamma non era ancora in casa.

In punta di piedi percorse il corridoio. Davanti alla camera del padre si fermò un attimo, trattenendo il fiato; spinse appena la porta socchiusa, guardò dentro e respirò: la camera era buia. Il babbo non era ancora rientrato. Quanto ai fratelli, non c'era pericolo che rincasassero prima dell'alba. E la donna di servizio, sempre chiusa in cucina, non si accorgeva mai di chi entrava e usciva e di quello che avveniva nella grande casa.

Angelica si chiuse nella propria stanza. Senza accendere la luce si sfilò in fretta l'abito, infilò precipitosamente una vestaglia e allo scuro corse a stendersi sul letto, perché voleva che i familiari, rincasando, la trovassero così e pensassero che era in casa da molto tempo. E intanto tese l'orecchio per sentire da un momento all'altro girar la chiave nella porta di casa e il passo di sua madre che entrava e la sua voce che domandava alla domestica: «È rientrata la signorina?» e la domestica che avrebbe risposto: «Non ancora» e la mamma che si sarebbe lamentata per i continui ritardi di lei e che poi l'avrebbe trovata in camera dormiente. Una volta tanto, una piccola rivincita. Ma non s'udiva nulla.

La ancor giovanile e piacente signora Iride Ribaudi, coi capelli un po' in disordine e affannando per aver fatto le scale di corsa, mise pian piano la chiave nella serratura, girò delicatamente, spinse la porta senza far rumore e scivolò in casa come una ladra. Voleva arrivare prima di suo marito che aveva intravisto in fondo alla strada. In punta di piedi traversò il corridoio. Nel passare davanti alla camera di sua figlia respirò: la camera era buia e silenziosa, Angelica non era ancora rientrata. Non già che dovesse render conto. Ma in certi casi è noiosa la testimonianza dei figli; e, poi, d'una figlia come Angelica!

La signora Iride si chiuse nella propria stanza, senza accender la luce si spogliò in fretta, infilò precipitosamente la vestaglia e allo scuro corse a stendersi sul letto poiché voleva che i familiari, rincasando, credessero che ella era in casa da tempo.

Giovanni Ribaudi, affannato per aver fatto le scale di corsa, mise pian pianino la chiave nella serratura, girò delicatamente, spinse la porta senza far rumore e scivolò in casa come un ladro. Voleva che i familiari non s'accorgessero ch'egli rincasava così tardi. La casa era grande e con qualche accorgimento si poteva farla in barba a tutti. In punta di piedi traversò il corridoio, si fermò un attimo e udendo un perfetto silenzio, respirò: le donne dormivano.

Dopo un po', udì la voce di sua moglie che chiedeva alla domestica: «Il signore è rientrato?».

«Nossignora» disse la domestica.

«Chi è in casa?»

«Nessuno.»

Giovanni s'affacciò dalla propria stanza.

«Ma sì, cara» disse «sono qua da un'ora. Siccome ti ho trovata che dormivi non ho voluto svegliarti.»

«Già» disse la signora Iride, «sono rincasata due ore fa e poiché non c'era nessuno in casa, mi sono messa un po' a riposare.»

Aggiunse con un sospiro: «Angelica non è ancora tornata».

Bugiarda, pensò Angelica, con la voglia di piangere per la rabbia.

Ma in quel momento il padre aprì la porta della camera di Angelica.

«È qui» esclamò.

«Oh» fece la signora Iride, «non lo sapevo.»

Angelica finse di svegliarsi.

«Non sono uscita affatto» disse, «ho dormito tutto il pomeriggio.»

Cenarono in silenzio.

La modella

Mi ero spesso domandato come avvenga che alcuni, i quali fino a una certa età non ci pensano nemmeno lontanamente, a un tratto, quasi per un'improvvisa conversione, si dedichino alla pittura. L'avevo saputo di molti. Tipi che avevano doppiato il capo dei quarantacinque e magari quello dei cinquant'anni e che per tutta la vita s'erano occupati d'altro, a un tratto inesplicabilmente avevano sentito la vocazione pittorica. Ebbi la spiegazione dell'enigma quando, recatomi a far visita al mio vecchio amico Cesare, sua moglie, indicandomi la scala della soffitta e la porta chiusa di questa, mi disse: «Non si può entrare, ha la modella».

«La modella?» esclamai.

«Sì, sta dipingendo.»

«Dipingendo?»

Passavo di sorpresa in sorpresa.

Non sapevo affatto che Cesare si fosse dato alla pittura, e lo dissi a sua moglie.

«Da quando in qua?»

«Come?» fece lei, stupita a sua volta «non lo sa? Ha avuto sempre una certa passione per l'arte, ma adesso si è messo a coltivarla con metodo.»

«Ah, sì? Ho piacere.»

«La mattina viene la modella e lui dipinge per un paio d'ore.»

Non fiatai. Dovetti aspettare una buona mezz'ora, durante la quale soguardavo sgomento l'espressione della padrona di casa. Ma fortunatamente questa era tranquilla. Alla fine la porticina della soffitta si aprì e una ragazzetta venne fuori, dirigendosi in fretta verso l'uscita senza guardare nessuno.

Allora fui ammesso nell'improvvisato studio dove in una tela su un cavalletto si vedeva abbozzato, anzi scarabocchiato, un nudo di donna.

«Sono studi» mi disse Cesare con modestia.

Non bisognava disturbarlo durante il lavoro di pittura perché, mi spiegò, la modella costava non so quanto l'ora e lui non voleva sprecare i quattrini; e anche perché la modella stessa non voleva esser vista da occhi profani nel costume di Eva. Ricordando certi segreti trascorsi piuttosto libertini in compagnia del mio amico, gli dissi: «E tua moglie permette?».

E abbozzai un sorrisetto ironico preparandomi ad accogliere confidenze piccanti.

Cesare mi ghiacciò con un'occhiata.

«Che c'entra?» mi disse, grave. «Questa è una cosa seria.»

Capii che un abisso s'era ormai aperto fra noi. E cominciai anch'io a vagheggiar l'idea di farmi pittore. Ormai non avevo più l'età di correr dietro alle gonnelle né la voglia di perder tempo in lunghi corteggiamenti. E soprattutto stavo per raggiungere quell'età in cui non sempre con una donna si può fare altro che ritrarla su una tela. La pittura mi avrebbe appianato molte difficoltà. E poi m'incuriosiva l'idea d'un annunzio sul giornale: «Cerco modella, presentarsi ecc.» e mi attirava la comodità di far venire i soggetti in casa e scegliere a mio agio, senza rischi di sorprese e senza destar sospetti nemmeno nella modella stessa, potendo chiuder la bocca a tutti con la magica parola: arte.

Ma la difficoltà maggiore, per risolvere le altre, era convincere mia moglie. Chi sa se avrebbe dimostrato tanta comprensione verso l'arte, quanta ne dimostrava la moglie di Cesare.

«È una donna intelligente» mi aveva detto lui, della sua, quando se n'era parlato.

Viceversa la mia, la prima volta che accennai al progetto, rivelò un'assoluta rozzezza nei riguardi delle arti figurative.

«Porco» gridò, «te la dò io la modella.»

Niente da fare. Tuttavia, batti batti, finii per convincere quella santa donna. Il primo giorno che le modelle vennero a presentarsi, io m'ero provvisto d'un cavalletto, d'una tela e di tutto l'occorrente per dipingere. Ma gli ostacoli cominciavano allora. Il difficile era proprio dipingere. M'incoraggiava un po' il pensiero dell'astrattismo, gran risorsa per un principiante. Fatta la scelta, dissi alla ragazza di spogliarsi e cominciai a tracciar segni col carboncino.

E adesso? pensavo.

Finalmente un giorno tentai con sorrisetti incerti di far capire alla modella che il quadro m'interessava fino a un certo punto. Lo capì? Capì oltre il mio pensiero? Forse anche perché in quel momento mia moglie saliva le scale, la modella si vestì in fretta e uscì sostenuta. Mia moglie non domandò spiegazioni. Credeva d'aver capito anche troppo e, dandomi fra i denti del maiale, da quel giorno dette l'ostracismo alle modelle e parlò in tono minaccioso di nature morte. Finché giunse a impormi una caffettiera. L'aveva comperata apposta. Nuova di zecca. La portò in soffitta, la sbatté sulla pedana destinata alla modella.

«Dipingi questa» disse.

Capii d'un tratto tutto il dramma di Morandi.

Per non complicare le cose, accettai e per un po' di tempo passai qualche ora nella soffitta di casa adattata a studio, in compagnia della "napoletana". Tracciavo svogliatamente segnacci sulla tela, finché un giorno, non so se di fronte ai modesti risultati o se perché si fosse rotta la macchinetta di casa, mia moglie salì a prendere quella che mi serviva come modella e decise perentoriamente d'usarla per fare il caffè. Finsi di protestare, molto debolmente in verità. Sempre per non destar sospetti. Ma dentro di me ero contentissimo. Era per me una liberazione. Così finì la mia carriera pittorica e la fine fu suggellata da un'eccellente tazza di caffè. Mentre la sorseggiavo, mi pareva d'aver tradito l'arte e avevo un leggerissimo rimorso. Ma presto non ci pensai più.

Io sciatore

Io non mi picco d'essere un grande sciatore, no. Credetti d'esserlo per un certo tempo, lo riconosco, e precisamente fino al giorno in cui, trovandomi sulla neve, provai a legarmi un paio di sci ai piedi. Da allora, la sola vista di quelle due lunghe assi di legno, sia pure semplicemente sulle spalle di sconosciuti per le vie cittadine, mi dà il mal di mare.

Debbo premettere che i più faticosi sport invernali io li faccio in sede d'abbigliamento. La scelta del maglione è fra i più duri esercizi. Quelli che piacciono a Teresa non piacciono a me. Quelli che piacciono a me, non piacciono a Teresa. Di quelli che piacciono a tutti e due non c'è la mia misura. E la conclusione è che debbo mettermene e togliermene una decina, col faticoso esercizio di alzar le braccia e tentare di far passare il capo in una stretta apertura. Tutto ciò in un negozio surriscaldato e affollato, con maglioni pesantissimi, sudando e cercando invano di dare alla mia faccia un'espressione non completamente idiota, specie quando mi vedo allo specchio, il che non fa che aggravare la mia depressione morale. Anche a causa del bruciore alle guance causato dal fastidioso attrito dei maglioni che metto e tolgo.

Non vi dico quando provo la così detta "giacca a vento".

Un palombaro, è la parola.

Di carattere unicamente morale, le sofferenze che accompagnano la ricerca di un berretto che non costringa i circostanti, quando mi vedono, a voltarsi da un'altra parte, per nascondere una prepotente ilarità.

D'altronde non posso assolutamente andare a sciare con in testa quella specie di alto fumaiolo che è il mio lobbia invernale (d'estate vado senza cappello, fortunatamente).

Una volta ripiegammo sul tipo zucchetto. Quando me lo provai, Teresa non poté dissimulare un gesto di orrore.

«Va bene, va bene, lo metterai in montagna» disse, togliendomelo in fretta.

Quando mi vide vestito nel completo da montagna, ebbe un momento di sconforto e voleva farmi cambiare tutto.

«Credo» le dissi «che l'unica cosa da fare sarebbe cambiare la persona che c'è dentro.»

La prima volta che presi il pullman per la montagna, uscii di casa col completo da sci addosso; fortunatamente era Carnevale e così passai inosservato. La gente credeva che mi fossi preparato per partecipare al veglionissimo «Una notte fra i Marziani».

Ma in fatto di montagna l'unico vero sport invernale che io faccio, il maggiore e il più violento, è quello di mettermi gli scarponi da montagna. La fatica d'infilarli e, più, d'allacciarli cercando di raccapezzarmi circa le fibbie da tirare, le fibbie da stringere, eccetera, mi costa un tale sforzo con minaccia di sincope cardiaca, che, appena infilati gli scarponi, debbo mettermi a letto per una settimana, se, per farlo, non dovessi ritogliermeli, cosa, per me, non meno faticosa che mettermeli.

La cosa andò così. Avevamo deciso, io, Teresa e gli altri, di passare qualche giorno al Sestrière. In verità, io non ero del tutto digiuno delle discipline sciistiche: varie volte avevo visto in montagna sciatori venire giù per discese. Parendomi che lo facessero con straordinaria facilità, ne avevo concluso che anch'io, all'occorrenza, avrei saputo sciare. Non avevo potuto controllare la cosa per mancanza di sci. Così, al momento di partire, si presentò il problema di procurarmeli. In buon punto mi ricordai d'una signora mia conoscente, che possedeva un negozio d'articoli sportivi e che faceva anche la poetessa. Fortunata concomitanza, atta a procurarmi le condizioni più favorevoli per un noleggio di sci. Disgraziatamente, costei non soltanto aderì subito alla mia richiesta, ma addirittura, per una malintesa solidarietà letteraria, mi facilitò la cosa, concedendomeli in prestito grazioso. Per di più si fece in quattro allo scopo di farmi avere i migliori del negozio. E bisognava vedere come si davan da fare lei, il socio e sua nipote, a scegliere e mettere a punto per me un paio di sci da campionato, manco avessi dovuto partecipare alle Olimpiadi.

Le prime difficoltà le incontrai nei tentativi d'introdurre gli sci in tassì. L'autista era diventato una belva. Pareva, secondo lui, che io non avessi altro scopo che di fracassargli i vetri e rovinargli la tappezzeria dei sedili. Mai avevo visto un autista più ostinato in supposizioni errate, più protervo e più ostile agli sport della montagna. Ragione per cui dovetti raggiungere il torpedone a piedi, tra le proteste di passanti i quali, non contenti di colpire coi loro occhi, coi cappelli e perfino con le teste le punte degli sci da me portati a spalla, mi obbligarono più volte con grossolani insulti a girarmi per dirne loro quattro, col risultato di colpir vetrine, abbatter piante ornamentali alle porte dei negozi, targhe stradali e palizzate.

Tra l'esecrazione d'esercenti antisportivi, arrivai così al torpedone che già tremava tutto sotto l'azione del motore. Qui gli sci furono gettati in fondo alla vettura, in un inestricabile groviglio d'altri sci e bastoni, il cui unico vantaggio era rappresentato per me dal fatto che poi sarebbe stato assai difficile recuperare i miei. E così non ci fossi riuscito! Ma non precipitiamo gli eventi.

Fino a Torino la cosa andò liscia. L'autostrada in pianura non presenta nulla di notevole, a eccezione appunto del fatto di non presentare nulla di notevole, e il tragitto non fu funestato da incidenti, ove se ne tolga la distruzione d'un grosso panettone il quale avrebbe dovuto, nei nostri ingenui progetti di piccoli risparmiatori, resistere per tutta la durata del soggiorno in montagna e che invece non arrivò al quarantesimo chilometro; distruzione che potrebb'esser tema d'un romanzo dal titolo: E adesso, pover'uomo?

Nei pochi minuti di fermata a Torino, acquisto d'un fiasco di Chianti per ridurre al minimo le incognite degli extra in albergo. «Bisogna saper viaggiare!» ci disse l'amico che aveva avuto l'idea, arrampicandosi allegramente, tra le proteste dei viaggiatori impazienti, sul torpedone che per un pelo non era partito, lasciandolo tra la folla che, nella gelida fanghiglia, ostruiva letteralmente le vie della città sabauda, in mezzo a un groviglio d'automobili impazzite nell'euforia natalizia e irte di sci e bastoni, le quali tutte laceravano le orecchie col coro stonato, continuo e generale dei loro clacson disperati, e che non potevano andare né avanti né indietro e col loro strombettamento pareva domandassero alle macchine ferme davanti in lunghe e disordinate file: «Ma insomma che succede? Si va o non si va? Fateci sapere almeno qualche cosa. Noi, da qui, non riusciamo nemmeno a veder niente».

Usciti finalmente dalla città e cominciando la strada a salire, si fece notte e al lume della luna le montagne apparvero un po' rognose. C'era in molti la preoccupazione di non trovare neve sufficiente. Per me era più che sufficiente, non avendo io intenzione di darmi ad acrobazie sciistiche molto complicate. Ma, entrati nella conca del Sestrière, la trovammo imprevedutamente imbottita d'una neve abbondantissima e bellissima.

Era la prima volta che ci venivo e mi fecero molta impressione i suoi altissimi alberghi a forma di torri, o di grossi tubi e di colossali stufe. Uno sembra un immenso serbatoio del gas, che arriva alle stelle; un altro sembra una gigantesca stufa di terracotta, messa lì per riscaldare le montagne. Le mille e mille finestrelle tonde, accese nel buio della notte, davano appunto l'impressione che dentro v'ardesse il fuoco, come in una stufa bucherellata. Non capita spesso di trovare grattacieli di così strana forma, a tanta altezza, in simili solitudini.

Intervallate da deserti spazi ondulati e forate da quell'infinità di finestrelle illuminate fitte fitte, le solitarie torri cilindriche sulla neve mi davano l'impressione d'esser caduto in un paesaggio lunare; qualcosa di misterioso e mostruoso, di strano e ignoto; non mi sarei stupito di vedere aggirarsi, lì intorno, animali antidiluviani dalla lunga coda crestata, strani ciclopi con un occhio solo in mezzo alla fronte; e volare sulla bolgia, tra i monti, calvi uccellacci dalle ali di pipistrello.

Presso la fermata del torpedone, rare e fioche lampade elettriche, riverberandosi sulla neve, mettevano fra le torri una luce gialla che, con quella rossastra trapelante dalle vetrate, dava al luogo un aspetto casalingo e modesto, come il ricordo d'una lontana sera d'infanzia.

Subito i facchini ci vennero attorno a prendere i bagagli. Pareva che non s'aspettasse che noi. Il groviglio di sci fu mandato nei sotterranei dell'albergo, il che non mi dispiacque, e noi, sgranchendoci le gambe intorpidite dall'immobilità del viaggio, entrammo, un poco abbagliati dalla luce, nella stufa dalle mille e mille finestrelle accese.

Pareva d'esser capitati in un carcere modernissimo: una infinità di piccole celle s'aprivano su un unico corridoio che, a mo' di scala a chiocciola, saliva nell'interno della torre, lasciando un grande spazio vuoto al centro; e dal centro si potevano vedere con una sola occhiata tutte le porte. Un'insurrezione dei clienti sarebbe stata subito domata da un solo guardiano armato di mitra.

L'arrivo della carovana fu accompagnato dal confuso affaccendarsi di cameriere che correvano da una camera all'altra, impossibilitate a dar retta a tutti, intralciando il passo lento dei facchini che venivano su per il camminamento elicoidale coi bagagli in ispalla, mentre i nuovi arrivati sonavano campanelli per avere i loro e capitava qualche errore nelle consegne, e già le signore, tirati fuori gli abiti da sera, parlamentavano per farli stirare.

Scaglionate lungo la salita, premendosi con le spalle alla parete per lasciarci passare, cameriere ci salutavano come ci conoscessero e aspettassero proprio noi; mentre, almeno per quel che mi riguarda, era la prima volta che ci venivo. Incontratisi i miei sguardi con quelli di qualcuna d'esse, mi capitò di sentirmi un po' a disagio. Mi parvero persone serie e giudiziose, alle prese con un'invasione di pazzi, che eravamo noi.

Due umanità, pensavo; noi che veniamo qui a sciare, e questi.

Altre volte m'era capitato di cogliere nello sguardo di qualche assonnato cameriere di grande albergo, costretto a stare in piedi nel corridoio, mentre nei saloni si svolgeva una festa da ballo, mute frasi del genere di: «Se vi decideste ad andare a dormire!», e peggio. Del resto, se non si facessero balli, sarebbe per essi la disoccupazione e la miseria. Se non ci fossimo noi, se non facessimo queste cose, i camerieri e le cameriere starebbero peggio. Questo è il problema. Se non si va a ballare, i camerieri non guadagnano. Se non si va in automobile, i chiamavetture e tanti altri non guadagnano. Eccetera. Comodo argomento. Comunque, non vedo che cosa possa trattenere questi facchini e queste cameriere dall'odiarci. Non si fa proprio nulla per convincerli a non farlo. E forse, in molti casi, soltanto la paura li trattiene dai troppo violenti sovvertimenti. Mi pareva che nel loro modo di guardarci ci fosse un po' d'ostilità e quasi di disprezzo. Ebbene, sappiano che anche noi, nella grande maggioranza, lavoriamo e, in molti casi, serviamo qualcuno mordendo il freno; e che questa parentesi di sci non è senza sacrificio, per noi, financo di qualche cosa necessaria. E, del resto, anch'essi potrebbero sciare, volendo. Ma forse non amano sciare. Forse essi vorrebbero soltanto che le parti fossero invertite: che fossero essi ad arrivare qui con gli sci e noi a servirli. Noi, invece, non vorremmo che le parti fossero invertite, almeno con loro (con altri, in certi casi). D'onde, forse, quell'ombra di risentimento che mi parve scorgere in fondo ai loro sguardi, pur nel sorriso professionale dell'accoglienza.

D'altronde, potrebb'esserci soltanto un'umanità che scia, senza l'altra umanità, che serve la prima?

Forse. In questo caso ognuno dovrebbe servirsi da sé. Self-service. E tutti fare altri lavori e non servire.

Ma ci sono certi, forse, a cui piace servire negli alberghi; o che servono per poi far carriera e diventare direttori, o padroni d'albergo. E allora perché ci guardano male?

Del resto, se non sentissero di guardarci così, non avrebbero forse lo stimolo a far carriera, a diventar padroni.

Ma come mai proprio lì, tra le montagne, sentii di più l'assurdo di questa differenza? Come se la voce di Dio mi dicesse severamente: «Che sciocchezze fate? Siete tutti fratelli». C'erano le montagne, intorno, che davvero parlavano di Dio e testimoniavano.

Buon per Teresa che, ben lontana da queste riflessioni, tranquillamente sciorinava davanti alla cameriera abiti d'oro e d'argento, perché glieli stirasse. E la cameriera li accoglieva con rispetto misto a comprensione e solidarietà donnesca.

Appena arrivati, via la pesante bardatura cittadina! A Milano giravo con quegli scarponi da montagna detti carri armati, i quali, oltre a procurarmi ingiurie in tutte le case dove entravo e dove mi regolavo mio malgrado come gli ombrelli che si mettono a sgocciolare (con la differenza che non potevo né venire aperto né esser messo in un portaombrelli), mi avevano valso nelle sale da ballo, in occasione di qualche agile rumba cubana, il nomignolo di "impresa trasporti". Queste grosse scarpe, utilissime per traversare via Manzoni o la Galleria nella fanghiglia gelata, diventavano del tutto superflue in un albergo ben riscaldato, e anche all'aperto, sulla neve asciutta delle montagne, in un clima secco e mite. Idem le duplici calze di lana e le numerose maglie e sciarpe indispensabili tra le nebbie ambrosiane, ma fastidiose nell'asciutta aria di montagna.

Sostituito questo equipaggiamento con altro più idoneo ai monti dell'inverno, a base di scarpini e abito da sera, scendemmo per la cena.

Si delineava il problema del fiasco. Come presentarci a tavola con quell'oggetto di provenienza esterna, senza incorrere nelle occhiate di dolce rimprovero del personale di servizio? La difficoltà fu aggirata col sistema del quadrato di Villafranca e poi con l'occultare l'oggetto sotto la tavola e l'attingervi clandestinamente, dopo esserci dichiarati astemi al cameriere accorso con la carta dei vini. Cosa che in seguito lasciò perplesso il bravo giovine, in considerazione della nostra crescente e per lui incomprensibile euforia, dovuta in parte al fatto che, per toglierci dai pasticci, pensammo di dar fondo al più presto al recipiente. Poi, per non destar sospetti, ordinammo un altro fiasco.

Era la Vigilia di Natale e rimasi molto male constatando che lì non la si festeggiava affatto con la tradizionale cena; la festa, il pranzo speciale, lì si fanno il giorno di Natale, che per me è infinitamente meno bello della sera della Vigilia; il giorno di Natale è vuoto, deserto, morto alla luce diurna, e senza sera; la sera della Vigilia, invece, è pienissima, fragorosa, piena di luci, di musiche e di vita. Lassù, al contrario, la Vigilia era morta e deserta e disadorna; né capitone, né altro di natalizio. La cosa mi addolorò come una mancanza di senso religioso e quasi come un'empietà. Ricordavo le allegre vigilie dell'infanzia e mi pareva di far peccato a non festeggiare questa coi piatti tradizionali. Vero è che si trattava d'una religiosità tutta gastronomica. Ma anch'essa ha il suo valore. Ed era triste che proprio lì, fra le montagne, in questo grandioso presepio naturale, quella fosse considerata una sera come le altre. Almeno a tavola. Ma del resto, come e dove dare il senso dell'eccezionalità d'una giornata, se non a tavola? E che cosa, più d'una tavola apparecchiata a festa, può dare il segno d'una festa?

Alla Messa di mezzanotte nella chiesetta semisepolta dalla neve, le orchestrine, interrotti i ballabili negli alberghi, vennero a suonare l'Ave Maria di Gounod e quella di Schubert. Le montagne erano lucide, bianchissime, il cielo d'un azzurro fondo, cristallino; c'erano la luna e tante stelle d'oro. Proprio una notte di Natale.

Svegliatomi per caso all'alba, nella cella che pareva la cabina d'una nave, foderata di legno e, data la strettezza del luogo, con tutto lo spazio utilizzato in qualche modo, aprii il coperchio del finestrino tondo e, attraverso il vetro terso e spesso come un diamante, vidi le montagne lucidissime sotto un cielo cristallino, che presentava la sorpresa d'essere non più notturno ma azzurro e rosa, straordinariamente spazioso e con un senso d'allegria festosissima e un lontano presagio del pulviscolo dorato del sole. Coperte d'una neve immacolata e intatta, le montagne erano immense gemme dure polite e mi parvero un'incredibile apparizione, testimonianza di Dio. Certo, a quell'ora, tra le montagne, mentre noi dormiamo, avviene qualcosa di grandioso e misterioso.

Richiusi lo sportello e mi rimisi a dormire.

Il primo contatto con gli sci non avvenne che sul tardi, quando andai a rilevarli nei sotterranei dell'albergo e li trovai ch'eran rimasti completamente soli nella rastrelliera, dove la sera prima se ne allineavano a centinaia. Anzi, le rastrelliere erano molte, e tutte vuote; soltanto in una si vedeva, impicciolito dalla distanza, un unico paio di sci solitari: i miei. Gli altri erano già fuori.

Difatti il campo di neve formicolava di gente nei costumi più fantasiosi. M'imbarazzava un poco il fatto che non ero in tenuta rigorosamente sportiva. Soprattutto m'affliggeva la mancanza d'uno zucchetto rosso o giallo e l'impossibilità di far entrare il bordo dei miei pantaloni cittadineschi dentro le scarpe.

C'erano intorno a me persone equipaggiate mirabilmente: lacci delle scarpe rossi, bianchi, gialli o verdi; di tutti i colori, meno che di quello delle scarpe che allacciavano; io mi sentivo un po' umiliato dai miei lacci neri. Per di più, molti avevano a ogni scarpa due o tre allacciature; arrivai a contarne in alcuni casi perfino quattro: davanti, di dietro, ai lati. Io non ne avevo che una per scarpa e questo mi teneva in uno stato di nervosismo facilmente comprensibile.

Notai subito un signore grasso in tenuta terribilmente sportiva: non gli mancava il minimo accessorio sciistico e tutto in lui era nuovo di zecca: dai pantaloni blu ai lacci delle scarpe rossi, allo zucchetto giallo con fiocco verde, alle manopole arancioni, alla giacca a vento cilestrina. Pareva uscito dalla vetrina del negozio "Tutto per la montagna". Costui stava immobile davanti alla staccionata che chiudeva il campo di neve e, volto verso questo, a intervalli regolari chiamava: «Giovanni!». Giovanni era un ragazzino, evidentemente suo figlio, il quale non faceva altro che rialzarsi da cadute. A tutte le ore, anche nei giorni successivi, vidi sempre il signore grasso allo stesso posto, nello stesso atteggiamento e occupato a chiamare «Giovanni!», a intervalli regolari. Ritengo che il suo sport consistesse per l'appunto nel venire a pronunziare questo nome a circa duemila metri sul livello del mare. Certo, non faceva altro. Ignoro tuttavia se, per farlo, fosse necessario equipaggiarsi così sportivamente.

C'era, ai limiti del campo, un vecchietto che teneva un posteggio di sci ed accessori, e fu a lui che mi rivolsi spensieratamente perché m'allacciasse gli sci ai piedi. Costui non pretese nulla per la sua prestazione ma, al momento in cui mi lasciò solo, dopo che me li ebbe allacciati, sarei stato disposto a dargli tutto quel che possedevo perché me li ritogliesse.

Il fatto è che avevo capito subito che c'era qualcosa che non andava. Poiché, per arrivare nella pista, bisognava superare una piccola scesa d'un paio di metri e sarebbe stato poco simpatico cadere al primo passo e prim'ancora d'essere in pista (avevo il netto presentimento che così sarebbe avvenuto se avessi fatto il minimo movimento), chiamai nuovamente il vecchietto perché l'operazione d'allacciamento venisse fatta a piè della scesa. Dopo la scesa cominciava la salita e io mi sentivo molto più sicuro con questa. Però non avevo riflettuto che ogni salita, considerata dalla parte opposta, è una discesa. Mi resi conto del curioso fenomeno non appena tentai di muovere il primo passo in salita; benché la posizione di "carponi con la faccia nella neve" non sia la più adatta alle riflessioni.

In quella medesima occasione mi resi anche conto che i bastoni da sci sono una vera provvidenza per i venditori d'occhi di vetro.

Tutte esperienze, pensavo.

In verità, non riuscii a salire molto, ma quando mi voltai mi parve d'essere in cima alla più alta montagna del mondo e maledissi in cuor mio d'esser salito tanto: ora bisognava tornare indietro, non era assolutamente possibile farne a meno. Chiusi gli occhi e mi raccomandai al cielo.

Gli sci sono ancora strumenti troppo rudimentali. Anzitutto mancano di freni. Poi danno un terribile impaccio, sulla neve: con la minima pendenza del terreno, rendono pressoché impossibile l'equilibrio. In terzo luogo, ostacolano maledettamente gli sforzi per rimettersi in piedi.

«Mancano di sciolina» dissi, a mo' di spiegazione, agli amici accorsi a risollevarmi.

Da allora, in qualsiasi ora, chi si fosse avventurato nei sotterranei dell'albergo, avrebbe visto, nelle lunghissime e fitte rastrelliere destinate a custodire gli sci e deserte durante il giorno, come un guardaroba teatrale vuoto, un solo paio di sci: i miei. Tristi e vergognosi di stare lì, soli, tutto il giorno, mentre fuori la neve scintillava sotto il sole. Dovevano avere la sensazione che provavo io quando, ragazzo, restavo a casa, a letto, nelle ore di scuola, perché avevo preso la purga, e vedevo il sole d'inverno attraverso i vetri, e sentivo tutto il resto del mondo lontanissimo da me e silenzioso.

Le regge abbandonate

A Schoenbrunn come a Versailles, come a Caserta, come a Palazzo Pitti, come a Windsor, a Aranjeuz (Spagna), le regge sono tutte uguali. Forse tra i re c'era un'emulazione in fatto di grandiosità; cercavano di superarsi l'un l'altro con lo sfarzo. Forse l'uno diceva all'altro: «Vieni a vedere il mio palazzo», con la speranza di abbagliarlo e farlo morir di rabbia. E, quando un re andava nella reggia d'un altro, questi gli diceva: «Guarda che quadri, che arazzi», pensando di batterlo. Ma il modello era sempre lo stesso: una fuga di sale, l'una dentro l'altra perché non disimpegnate da un corridoio; e perciò tutte comunicanti fra loro. Per andare dalla prima all'ultima bisognava traversarle tutte. Ognuna aveva un paio di Gobelins nella parete di fondo, alcuni quadri a quelle laterali, un caminetto, una console, un tavolo di marmo, una pendola d'oro, un lampadario di Boemia, un soffitto affrescato. Ma vien fatto di domandarsi come si riuscisse a vivere in queste stanze.

Per la sala del trono possiamo anche ammettere che fosse di passaggio. Benché non dovesse essere senza disagio tanto per chi ci stava quanto per chi ci passava, il fatto che un cameriere, chiamato, poniamo nella sala della regina, dovesse traversare fra le altre una sala dove c'era il re sul trono. Che faceva in questi casi il cameriere? Evidentemente s'inchinava. Certo non poteva passare fingendo di non vedere il re. Faceva una genuflessione come in chiesa quando si passa davanti all'altare, forse? Spiegava: «Pardon, vado dalla regina». O chiedeva permesso prima d'entrare? Non poteva nemmeno bussare discretamente alla porta perché le porte, l'avrete notato, non avevano battenti. Al massimo poteva far capolino e dire: «Si può?»; o, volendo esser discreti, doveva dirlo senza affacciarsi e aspettare che il re dicesse: «Avanti». D'altronde non v'era possibilità di non traversare la sala volendo andare oltre. Il concetto di corridoio e porte chiuse è bandito da queste regge.

Ma le altre stanze? Quando si visitano queste regge tutti attruppati come un piccolo gregge dietro la guida che fa da pastore, questa annunzia a volta a volta: «Sala del trono... salotto della regina... sala delle udienze... salotto del re...».

Ora immaginiamoci un po' la vita in queste regge. Il re è seduto sul trono nella sala del medesimo. Passano di continuo alcune dame. Dove vanno? A far visita alla regina che le aspetta nel suo salotto. Il re non ha un momento di requie. Non è comodo, convenitene. Poi il re deve dare udienza ad alcuni dignitari. S'alza dal trono e passa alla sala delle udienze, traversando il salotto della regina, dove questa e le sue dame cicaleggiano: «Comode, stiano comode. Vado a ricevere dei dignitari» fa il re, passando in fretta.

E le stanze da letto! A Schoenbrunn, dopo una sfilza di saloni, vi mostrano in uno di questi un lettino spaesato in un angolo e il cicerone spiega: «Qui dormì Napoleone».

Ora vorrei sapere come fece il fatal còrso a dormire in un salone con due porte sempre aperte, attraverso le quali dovevano necessariamente passare quelli che andavano negli altri saloni da una parte o dall'altra. Certo passavano in punta di piedi, in fretta, cercando di dare il minor fastidio possibile. Ma era un imbarazzo tanto per chi passava, costretto a non guardare, a fingere di non vedere; quanto per colui che stava a letto ed era costretto a tirarsi le coperte sul capo, a fingersi addormentato. E tanto maggior fastidio era per lui, se dormiva realmente, quando svegliandosi pensava con angoscia: Chi sa quanti saranno passati, forse ho russato, forse mi sono scoperto. Insomma, notti d'inferno e all'alba bisognava saltare dal letto perché cominciava l'andirivieni. Forse gli sistemavano un paravento. C'erano i baldacchini. Ma comunque, non era una cosa allegra.

Per tornare a Napoleone, direte: «Era un ospite, doveva adattarsi». Lasciamo andare che per un ospite, foss'anco meno importante di Napoleone, si può trovare qualcosa di meglio che sistemargli un letticciuolo in una specie di stanza di museo, e per di più di passaggio; ma gli abitanti usuali non se la passavano meglio. È possibile vivere, abitare, dentro un museo? Alzarsi la mattina e farsi la barba tra colossali affreschi, girare in pantofole tra statue di porfido e quadri d'inestimabile valore, lavarsi la faccia accanto a un preziosissimo Gobelin? E quando il re o la regina erano malati? Delle due: o bisognava paralizzare la vita della reggia, o il degente in letto doveva rassegnarsi al via vai continuo di quelli che passavano da una sala all'altra. E non diciamo con quale divertimento, visto che si trattava il più delle volte di dame di corte, gentiluomini, diplomatici, alti dignitari, corazzieri, generali.

Né diciamo quello che capitava con questo andirivieni, date le strane abitudini che avevano quelle teste coronate di tenere udienza mentre attendevano alla toletta mattutina. Già, su questo io ho sempre avuto qualche dubbio. Possibile che il sovrano si adattasse a far toletta in presenza dei dignitari? Non dava fastidio a lui quanto e forse più che ai presenti? Insomma è un lato della questione che, soltanto a sfiorarlo, si presenta irto di interrogativi.

Il celebre scrittore

Nella piccola stazione, Floro d'Avenza salì sul direttissimo e prese posto in uno scompartimento affollato. Gli altri viaggiatori guardarono un momento come un intruso quell'uomo inzaccherato di fango, inzuppato di pioggia, con l'ombrello grondante e i pantaloni rimboccati sulle caviglie, il quale poteva essere scambiato per un placido mercante di campagna. Prese posto in un angolino e socchiuse gli occhi abbagliati dalla lampada dello scompartimento. Gli altri viaggiatori ripresero la conversazione che l'entrata del nuovo venuto aveva brevemente interrotto. Eran di quelli che attaccano discorso in treno e, senza conoscersi, si raccontano vita, morte e miracoli, poi alle rispettive stazioni si salutano con molta effusione protestandosi lieti d'aver fatto la reciproca conoscenza, si promettono amicizia eterna, formulano la speranza, anzi il fermo proposito, di rivedersi presto e con più comodo, indi ognuno va per la propria strada e non si rivedono più.

«Io» diceva un signore anziano, continuando un precedente discorso «m'ero fatto di voi un'idea del tutto diversa. Prima cosa, vi immaginavo più vecchio. Sapete, il vostro nome circola da tanto tempo! Chi non è dell'ambiente, quando sente nominare una persona conosciuta crede sempre che essa sia per lo meno del secolo scorso.»

«E poi» interloquì una squillante voce di donna, «leggendo un libro ci si fa un po' l'idea di come dev'esser l'autore. Di voi m'ero fatta l'idea di un uomo anziano e grasso. Non immaginavo mai che foste così giovane e d'aspetto così brillante. I vostri romanzi rivelano tanta esperienza di vita, tanta conoscenza dell'anima umana, che danno dell'autore l'idea d'un uomo d'età, quasi d'un filosofo. Ma meglio così. Ora vi ammiro di più.»

Floro d'Avenza aprì pian pianino un occhio e senza darsene l'aria guardò incuriosito. Quelle frasi lusinghiere erano rivolte dagli altri viaggiatori a un giovine molto elegante e dall'aria estremamente fine e spirituale.

Chi mai era quel bel giovine così interessante? Quello scrittore noto, il cui nome circolava da tempo, che scriveva libri pieni d'esperienza? Per quanto si scervellasse, Floro d'Avenza non riusciva a mettere un nome su quel volto esile di poeta. Vero è ch'egli faceva una vita piuttosto appartata e perciò non conosceva molti scrittori. Ma di parecchi aveva visto la fotografia. E l'immagine dello scrittore seduto davanti a lui non gli risvegliava alcun ricordo. Malgrado l'aria spirituale e intelligente, Floro d'Avenza suppose per un attimo che fosse uno dei molti dilettanti e geni in incognito che circolano per il mondo; quelli che mandano agli scrittori illustri un libriccino stampato a loro spese, chiedendo un giudizio. Spesso questi libriccini hanno anche una tavola fuori testo con la fotografia dell'autore, che è di solito un bel tipo di poeta dall'atteggiamento fiero di ribelle inseguitor di sogni e di chimere fuggenti. Tuttavia lì s'era parlato di nome che circolava. Vero è che anche questi geni in incognito hanno una cerchia entro la quale circola il loro nome.

«Io» disse un altro viaggiatore «non sono molto competente di letteratura. Non sono un intenditore. Voi siete uno dei pochi scrittori che ho letto e ora che vi ho conosciuto sento di amarvi ancora di più. Sapete, noi profani ci facciamo l'idea talvolta che uno scrittore sia un tipo da tavolino, scontroso. Voi invece siete una vivente smentita di questa idea. Avete tra l'altro un aspetto di sportivo.»

«Lo sono» disse il giovane e, a quanto pareva, illustre scrittore passandosi tra i capelli una mano su cui scintillava uno splendido brillante, «quando m'alzo dal tavolino salto a cavallo. Faccio il canottaggio. Volo.»

Possibile, pensava intanto Floro d'Avenza, che costui, se è davvero un illustre scrittore non mi conosca? Almeno attraverso le fotografie pubblicate dai giornali.

Vero è che da molti anni egli si ostinava a pubblicare sempre la stessa propria immagine a venticinque anni, che era leggermente diversa da ora che ne aveva cinquanta. Ma possibile che fosse tanto mutato?

Intanto il giovine poeta continuava a sciorinare aforismi e pensieri arguti riscotendo il più gran successo da parte di quel pubblico di molto facile contentatura. Era un fuoco di fila di spiritosaggini, molte delle quali da anni note a Floro d'Avenza. Poi il giovine elegante s'accinse a scendere mormorando: «Sono arrivato al mio eremo».

«Avete qui la vostra casa?» gli fu chiesto.

«Un castello» fece egli, con noncuranza di gran signore, «dove passo qualche mese ogni anno, quando ho bisogno di solitudine.»

Gli fu chiesto ed egli concesse di buon grado qualche autografo. Poi egli baciò galantemente la mano alle signore, salutò tutti con incantevole affabilità e saltò giù dal treno mentre questo si fermava a una stazioncina di campagna. Tutti s'affollarono al finestrino salutando.

«Non avrei mai immaginato» fece una signora quando furono tornati a sedere e il treno si fu mosso «di conoscere stasera in viaggio Floro d'Avenza.»

Floro d'Avenza sussultò. Possibile? Quel tale s'era spacciato per lui. Ed egli che non se n'era accorto. Quei bravi viaggiatori credevano d'aver parlato con lui, avevano detto per lui tutti quei bei complimenti ed egli era là in un angolo e nessuno immaginava chi fosse.

Ebbe l'impulso di smascherare l'impostore, di dire: Floro d'Avenza sono io! Aspettò che gli si fosse calmata l'agitazione dovuta alla inaspettata rivelazione, proponendosi di metter le cose a posto con calma, possibilmente con una pacata ironia. Si sarebbe divertito alla sorpresa dei circostanti, avrebbe giocato con essi come il gatto col topo, avrebbe assaporato una specie di rivincita. Per prima cosa cercò in tasca una carta di riconoscimento.

«Be'» fece un viaggiatore che finora aveva taciuto, «vi dirò una cosa: io lo trovavo simpatico come scrittore, ma adesso che l'ho conosciuto mi è diventato simpatico anche come uomo.»

«Anche a me è riuscito molto simpatico» disse una signorina «e voglio leggere i suoi libri.»

Floro d'Avenza aveva trovato il documento. Col petto gonfio d'emozione, data la sua natural timidezza, si preparò a fare il colpo di scena. Avrebbe detto: «Scusate, signori, se mi permetto d'interloquire nei vostri discorsi, ma sento che parlate di me». «Come sarebbe a dire?» gli avrebbero domandato. «Ma sì, ecco, guardate, è una tessera con fotografia.» No, questo era banale. Avrebbe detto: «Dunque, signore, voi mi trovate simpatico adesso...». No. Aveva trovato. Avrebbe detto: «Mi duole di portare una nota stonata in questo coro di lodi per Floro d'Avenza, ma io non la penso come voi: Floro d'Avenza è mio intimo amico...». I suoi pensieri furono interrotti dalla conversazione che si riaccese.

«Che persona simpatica!» disse un viaggiatore.

«E come è brillante e spigliato!» fece una signora.

«Seducente» osservò un altro.

Floro d'Avenza aprì la bocca per smascherare l'impostore assente e convogliare verso sé quel fiume di miele.

«E come è spiritoso!» fece un tale. «Inesauribile addirittura.»

Chi può immaginare che Floro d'Avenza sia io? pensò Floro pregustando le gioie della sorpresa.

Già. Chi poteva immaginarlo? Chi poteva immaginare il famoso scrittore in quell'uomo triste e taciturno che se ne stava nell'angolo dello scompartimento?

Floro d'Avenza guardò quella schiera di persone entusiaste di un lui che non era lui. Pensò alla propria aria pensierosa e triste; alla propria timidezza; alle scarpe infangate, ai calzoni rimboccati, all'ombrello gocciolante; alla giornata faticosa che gl'imprimeva sul volto i segni della stanchezza; rivide col pensiero l'altro, spigliato, spiritoso, giovane, elegante, seducente; pensò ai capelli ondulati e lucidi di lui, alla camicia di seta, al castello. Ora i compagni di viaggio immaginavano un Floro d'Avenza nei saloni grandi e malinconici d'un vecchio castello gentilizio, alle prese con un vecchio e bianco servitore devoto, davanti a una buona bottiglia, a un caminetto crepitante.

Floro d'Avenza pensò che faceva più bella figura come "l'altro". E tacque.

Il treno correva nella notte cullando i pensieri, i sogni, le fantasie, i ricordi dei viaggiatori.

Paganini non ripete

Quando Paganini, dopo un ultimo interminabile acrobatico geroglifico di suoni rapidissimi, ebbe terminata la sonata, nel salone del regal palazzo di Lucca scoppiò un applauso da far tremare i candelabri gocciolanti di cera e iridescenti di cristalli di rocca, che pendevano dal soffitto. Il prodigioso esecutore aveva entusiasmato, come sempre, l'uditorio.

Calmatosi il fragor dei consensi e mentre cominciavano a circolare i rinfreschi e d'ogni intorno si levava un cicaleccio ammirativo, la marchesa Zanoni, seduta in prima fila e tutta grondante di merletti veneziani intorno alla parrucca giallastra, disse con la voce cavernosa e fissando il concertista con un sorriso che voleva essere seducente tra le mille rughe della sua vecchia pelle: «Bis!».

Inguainato nella marsina, con le ciocche dei capelli sugli occhi, Paganini s'inchinò galantemente, sorrise alla vecchia gentildonna e mormorò a fior di labbra: «Mi dispiace, marchesa, di non poterla contentare. Ella forse ignora che io, per difendermi dalle richieste di bis che non finirebbero mai, ho una massima dalla quale non ho mai derogato né mai derogherò: Paganini non ripete».

La vecchia signora non lo udì. Con un entusiasmo quasi incomprensibile in lei ch'era sorda come una campana, continuava a batter le mani e a gridare, con le corde del collo tese come una tartaruga: «Bis! Bis!».

Paganini sorrise compiaciuto di tanto entusiasmo ma non si lasciò commuovere. Fe' cenno alla vecchia dama di non insistere e ripeté con cortese fermezza: «Paganini non ripete».

«Come?» fece la vecchia che, naturalmente, non aveva sentito.

«Paganini» ripeté il grande violinista, a voce più alta, «non ripete.»

La vecchia sorda non aveva ancora capito. Credé che il musicista avesse consentito e si dispose ad ascoltare nuovamente la sonata. Ma vedendo che il celebre virtuoso s'accingeva a riporre lo strumento nella custodia, esclamò afflitta: «Come? E il bis?».

«Le ho già detto, signora» fece Paganini, «Paganini non ripete.»

«Non ho capito» disse la vecchia.

«Paganini non ripete» strillò Paganini.

«Scusi» fece la vecchia, «con questo brusìo non si arriva ad afferrar le parole. Parli un po' più forte.»

Il violinista fece portavoce delle mani attorno alla bocca e le urlò quasi all'orecchio: «Paganini non ripete!».

La vecchia scosse il capo.

«Non ho capito le ultime parole» gridò, come se sordo fosse l'altro.

«Non ripete, non ripete, Paganini non ripete!» strillò il virtuoso.

La vecchia fece una faccia allarmata.

«Si vuol far prete?» domandò.

«Ma no» urlò Paganini sgomento. «Paganini non ripete.»

«Ha sete?» fece la vecchia.

E volta ai domestici in livrea, che circolavano coi vassoi: «Un rinfresco al nostro glorioso violinista».

«Ma che sete?» esclamò questi. «Che rinfresco?»

«Via, via, il bis ora» insisté la vecchia, convinta che il concertista stesse per contentarla. Ma questi di nuovo s'inchinò con perfetta galanteria e: «Le ripeto» disse «che Paganini non ripete».

«Quel pezzo ultimo» continuava la sorda.

«Paganini non ripete!» urlò il violinista proteso sull'orecchio di lei, facendo svolazzare i merletti veneziani che le pendevano dalla gialla parrucca. «Quante volte glielo debbo ripetere?»

«Una volta» fece la vecchia che era riuscita ad afferrare l'ultima frase e credé che Paganini le domandasse quante volte doveva ripetere la sonata, «una sola volta mi basta.»

«Ma Paganini non ripete» ripeté Paganini.

«Va bene, va bene» replicò la vecchia, che questa volta aveva capito e credé che Paganini non volesse ripetere la frase detta, «non occorre che me lo ripeta, ho capito benissimo; mi basta che faccia il bis.»

«Paganini» strillò Paganini con quanto fiato aveva in gola «non ripete, non ripete, non ripete!»

La vecchia fe' cenno di non aver capito. Paganini si vide perduto. Si volse al gruppo degli altri invitati che si erano affollati intorno a loro attratti dalla scena e disse in tono disperato: «Fatemi il favore, diteglielo voi. Non ha ancora capito che non ripeto. Gliel'ho ripetuto venti volte, glielo sto ripetendo: non ripeto! Quante volte glielo debbo ripetere?».

Barnaba

Un vicolaccio dalle parti di corso Garibaldi a Milano. Quanto di peggio si possa immaginare. Un budello stretto e fetido dove abbondano tavernacce rissose e quelle case dalla luce d'acquario nell'androne maiolicato da cui, attraverso una porta a vetri colorati con disegni floreali, si vedono uscire uomini soli e allontanarsi in fretta a capo basso. Avete coraggio di entrare in questo vicolo? Ci troverete anche "Giovanni" oasi d'innocenza; una trattoria modesta ma pulita, frequentata quasi esclusivamente da uomini soli, professionisti e impiegati, attratti dai prezzi onesti e anche dal desiderio di trovarsi in compagnia di qualcuno. Per noi senza famiglia, era la nostra famiglia. Giovanni al banco che si dava arie di despota nel confessare gli avventori (tutti peccati veniali; al massimo fegatelli di maiale) e nel sollecitare la cucina, ma in sostanza contava zero in famiglia. La moglie ai fornelli. La figlia, bella signorina, che studiando lingue aiutava il padre a fare i conti. Alcune parenti che servivano a tavola all'uso dei toscani che, quando mettono trattoria a Milano, si tiran dietro mezzo paese (spesso si tratta di Altopascio).

Tra i clienti ci si conosceva tutti. La sera ci trovavamo agli stessi tavoli ed era un modo come un altro di non sentirsi proprio soli in una città come Milano dove, quando c'è la nebbia e fa quel freddo che sapete, la solitudine è totale; non ci si vede nemmeno l'un l'altro a camminare assieme per la strada.

Uno dei tipi curiosi che frequentava la trattoria era Barnaba il vigile notturno. La frequentava per modo di dire. Ogni tanto la sera lo si vedeva entrare, bere un bicchier di vino al banco, pagare e uscire. Certe sere – il sabato, per esempio, e la domenica – entrava spessissimo; era appena uscito che tornava subito. Altre volte lo si vedeva appena: un bicchiere o due in tutta la serata; e, contrariamente a quel che si potrebbe credere, questo avveniva proprio nelle serate molto rigide, quando più si sente il bisogno di un buon bicchiere.

La ragione di queste apparenti stranezze è semplice. Per la presenza dei locali malfamati, Barnaba era di servizio nel vicolo e fra i suoi compiti c'era il far contravvenzione a chi si fermava per una di quelle brevi soste per le quali a Londra o a Parigi vengono destinati ogni cento passi appositi edifizi, che sono inesplicabilmente scomparsi dalle città italiane.

Non so con precisione come funzionasse la cosa. Se cioè Barnaba avesse una percentuale sulle contravvenzioni; o se l'intero ricavato andasse a lui, cosa presumibile solo supponendo ch'egli avesse l'appalto delle contravvenzioni in quel luogo così favorevole, pagando un tanto al comune – invece che esser pagato – come fanno gli appaltatori delle tasse o dei dazi; oppure se addivenisse a transazioni coi contravventori, che lo tacitassero con piccoli versamenti; il che escludo, essendo Barnaba onestissimo. Fatto sta che ogni contravvenzione corrispondeva per lui a un bicchier di vino. La strettezza e l'oscurità del vicolo e la presenza delle tavernacce e delle case di malaffare rendevano particolarmente redditizio il luogo. Appena svoltati, tutti si mettevano faccia al muro. Certi sabati sera i clienti affluivano a drappelli, a plotoni, e per prima cosa si fermavano in una fila di sei o sette, in un'atmosfera di euforia rumorosa, apostrofandosi da un capo all'altro della schiera. Era un posto d'oro per Barnaba e se il municipio vi avesse installato una di quelle edicolette, il bravo vigile sarebbe stato rovinato.

Una cosa che non ho mai capito è come e dove egli si nascondesse. Se in agguato nel vano di una porta, come un ragno che aspetta la mosca per saltarle addosso; o acquattato tra le macerie di una casa sinistrata. Certo non si vedeva e non mi meraviglierei che avesse una botola con un periscopio. La sua tecnica s'era affinata con l'esercizio. Avreste giurato che nel vicolo non c'era nessuno; occhieggiavate a destra, a sinistra. Ma bastava che iniziaste quella sosta che: «Ehi, là, vergogna!».

Perché Barnaba, sorgendo quasi di sotterra alle vostre spalle, si permetteva anche il lusso di simulare perfettamente uno sdegno, ch'era in assoluto contrasto con l'intima soddisfazione di chi già pregusta un bicchiere di quel buono.

Fra noi e Barnaba s'erano stabiliti rapporti amichevoli. Anche lui era un povero diavolo, aveva avuto guai di famiglia e cercava di consolarsi con quei derelitti bicchieri. Quando lo vedevamo entrare nelle sere di tramontana insieme con una folata gelida e fermarsi al banco, gli ammiccavamo cordialmente e lui ci rispondeva con un allegro sorriso, mentre vuotava d'un fiato il bicchiere per tornar subito all'aperto e rimettersi in agguato. Ogni tanto, aveva il suo giorno di riposo. Allora, non sapendo dove andare, appariva nella trattoria, ma in borghese, vestito come un signorino e irriconoscibile. Quelle erano serate di pacchia per chi voleva contravvenire. Lo stesso Barnaba entrando esplodeva fra i tavoli della trattoria in un allegro: «Stasera...», seguito da una frase quanto mai esplicita, come fosse il linguaggio più castigato del mondo; per dire che quella sera si poteva gratuitamente contravvenire al divieto che gli stava a cuore.

Venne la vigilia di Natale. In questa sera le trattorie fanno pochi affari e molte restano chiuse, anche perché i proprietari e il personale fanno festa in casa. Le poche che restano aperte sono uno strazio. Sotto le lampade elettriche si vedono i tavoli bianchi e deserti, una piccola piramide d'arance, che mette malinconia, su una credenza con attorno qualche quarto di gallina faraona arida e nerastra, un paio di camerieri che dormono in piedi come i cavalli, col tovagliolo sul braccio, e qua e là un solitario che mangia in silenzio.

Giovanni teneva aperto per noi, che non avremmo saputo dove andare.

Serata grama per Barnaba. Tutti nelle proprie case. Chiuse le tavernacce, chiusi gli androni dai vetri floreali e dalla tenue luce d'acquario. Anche là dentro, forse, mancando i visitatori, quella sera si faceva la cena della Vigilia in una parentesi d'innocenza a cui nemmeno lì potevano sottrarsi. Era una sera gelida e noi vedevamo Barnaba fuori a pigliarsi il freddo senza che passasse un cane. (Lui si vedeva soltanto quando non c'era nessuno; ai primi scalpiccii scompariva.) Cominciammo a considerare con pena la sua situazione e ci ricordammo anche dei suoi guai di famiglia, che in quella sera, davanti a quelle case ermeticamente chiuse, dovevano sembrargli più pungenti di ricordi e di immaginazioni.

Inutile sperare d'indurlo ad accettare da noi quei bicchieri che la serata eccezionale gli toglieva. Barnaba non beveva che il vino guadagnato, per così dire, col sudore della sua fronte. Quanto al farci mettere noi in contravvenzione, nemmeno pensarci. Data l'amicizia, per noi c'era libertà permanente di contravvenire. Qualche sera che, tratto in inganno dal buio, capitava che egli sbucasse fuori per uno di noi, aveva un gesto di disappunto subito mascherato da un cenno che voleva dire: «Faccia pure»; e perfino ci chiedeva scusa per averci disturbato. Sebbene noi non abusassimo di questa licenza, per non aver l'aria di sfruttare la sua amicizia.

Conclusione: c'erano nella trattoria un paio di avventori d'occasione e li pregammo di prestarsi alla pietosa bisogna, impegnandoci a rimborsar loro le contravvenzioni. Altri telefonò a qualche amico perché venisse a brindare con noi se non aveva di meglio, a condizione che prima d'entrare si fermasse a contravvenire nel vicolo.

Dopo mezz'ora una fila di ben sette persone dall'aspetto decente e solvibile era schierata fuori della trattoria faccia al muro, trasformando il selciato, come suol dirsi, in una carta geografica.

Noi occhieggiavamo da uno spiraglio della porta per goderci il trionfo di Barnaba, coi bicchieri pronti per brindare. Dalle vicine ermetiche case veniva un acciottolìo attutito. Festeggiavano la solennità natalizia, forse attorno a una tavola imbandita, le ragazze ripensavano al paese, all'infanzia, ai genitori.

Ma dov'è Barnaba? Una volta tanto tarda ad apparire. Quel caratteristico fulmineo balzo dall'ombra non avviene. Gli amici non si muovono. Qualcuno appena si volta per domandarci con una muta occhiata se dovrà restare eternamente in quella posizione. Tra l'altro si gela.

Non sappiamo cosa pensare dell'incomprensibile negligenza di Barnaba, di solito così rigido tutore della decenza. Qualcuno di noi esce fuori. Si cerca di far chiasso. Si finge di apostrofare i contravventori per attrarre l'attenzione di Barnaba nel suo invisibile nascondiglio. A un certo punto chiamiamo decisamente: «Barnaba!».

Ed ecco alla fine Barnaba, facendosi precedere da uno stropiccìo di piedi e di colpi di tosse, spunta mezzo assiderato dal nascondiglio.

«Be'?» gli domanda qualcuno, indicando i sette passanti che, ligi alla consegna, continuano a voltarci le spalle. «Non vede che sconcezza?»

Barnaba, che fingeva di non vedere, deve vedere. Guarda i sette voltati di spalle in attesa. Poi guarda noi. Scuote il capo con aria burbera. Poi alza le spalle.

«È la Vigilia di Natale stasera» dice con un sorriso. «Amnistia generale!»

Ferragosto

Nell'aria immobile della città rimasta quasi vuota per il Ferragosto, tuonò il comando: «Tutto quello che è finto, diventi vero! Beninteso, quanto a statuaria».

Immediatamente, dalla base del monumento a Cavour si alzò il leone di bronzo, diventò all'improvviso di carne e d'ossa e, dopo essersi stiracchiato e aver fatto uno sbadiglio accompagnato da un quasi impercettibile guaito, con un balzo leggero fu a terra e si voltò ad aspettare che Cavour lo raggiungesse. Cavour intanto, un po' impacciato dalla redingotta, cercava a fatica di venir giù dall'alto basamento, badando dove metteva i piedi e borbottando: «Piano, figliolo, io non sono un leone come te, e poi sto molto più in alto; avrebbero fatto meglio a metter te qua in cima e me laggiù».

L'Italia, la formosa matrona in costume succinto, che sedeva sul basamento, l'aiutò a metter piede a terra e dié una spolveratina e una rassettatina alla redingotta dello statista, che nella discesa s'era un po' gualcita; poi la brigatella s'avviò verso il centro, Cavour con gli occhiali, il leone scodinzolante, la matrona solenne.

Qualche raro passante già fissava la donna prosperosa, incerto se mettersi dietro.

«Piano» diceva Cavour, «venite dietro me. Cerchiamo di non perderci. Ormai la mia famiglia siete voi.»

Il punto di ritrovo dei monumenti cittadini era stato fissato, naturalmente, in Piazza Duomo. Dove già scorrazzava e ruzzava una moltitudine di lupi e lupacchiotti latranti, cani e strane bestie, che fino a un momento prima servivano a sostenere i pluviali del Duomo. Erano stati i primi ad arrivare, per la buona ragione ch'erano già sul posto.

Intanto si staccava dalle mensole, e con uno svolazzio leggero scendeva sul sagrato, una folla di santi, santoni e santerelli, con barba e senza, uomini e donne, grandi e piccoli.

Vittorio Emanuele II a cavallo galoppava in lungo e in largo intorno alla piazza con la sciabola sguainata divertendosi a mettere in fuga i lupi e i santerelli, seguito a passo di corsa da una doppia fila di piccoli bersaglieri scesi dal bassorilievo del basamento, e in atto di andare a un attacco alla baionetta.

Nella lunga palandrana, veniva in fretta da via Orefici l'abate Parini, mentre, fiancheggiato da quattro valletti, Leonardo da Vinci in accappatoio e cuffia da bagno, traversava la Galleria, tra le scappellate dei tre o quattro perdigiorno presenti.

Con un rumore zoppo di zoccoli sul selciato, arrivò al piccolo trotto stracco da via Mazzini il generale Missori sul suo cavalluccio a penzoloni.

Intanto da Monforte arrivava San Francesco d'Assisi a braccia aperte. Dall'altissimo piedistallo, sempre a braccia aperte, aveva fatto un vol plané di trenta o quaranta metri. Roba da Santi.

Da un'altra parte arrivava l'asso Baracca.

S'udì avvicinarsi un coro di voci argentine: dal Monumentale arrivava dietro il Duomo una fila di vetture tranviarie piene zeppe d'Angeli che cantavano, di sconosciuti e di mezzi busti, i quali ultimi pagavano mezzo biglietto.

Intanto, alla Stazione Centrale succedeva un parapiglia. Al comando iniziale, s'era visto un brulichio, un formicolio sulla facciata, sui fianchi e sul tetto, come se l'edifizio s'animasse tutto. C'era uno starnazzar d'ali, uno scrollarsi. In men che non si dica, vennero giù con fracasso certi strani e massicci cavalli alati, condotti per la cavezza da uomini nudi, o quasi. Roba da alzar l'idea. Fortuna che non c'erano vigili in giro. Scesero strani grifi e mostri, chimere, sfingi. Aquile come piovessero.

Già s'allontanava verso il centro scodinzolando la lupa, seguita da Romolo e Remo. I due frugolini stentavano a tener dietro alla bestia, correndo a piedi nudi sull'asfalto rovente, nudi essi stessi come mamma li aveva fatti, e ridendo e giocando, ruzzando e facendo mille monellerie.

In cima a una colonna dell'edifizio ferroviario, il toro che rappresentava Torino, scalpitava e sbuffava inferocito, non osando fare il gran salto.

Qua e là per la città avvenivano altri episodi. In piazza Scala spuntarono gli Omenoni, col torcicollo per l'incomoda posizione in cui stavano da circa cent'anni. Nel cortile della Casa di riposo per i vecchi musicisti, Verdi s'alzò dalla poltrona di pietra, come si fosse seduto un momento prima. Non parliamo poi di Beccaria e di Manzoni: naturalissimi. Un certo contingente fu fornito anche dall'Arco del Sempione. Ma erano mezze figure, altorilievi.

Il Napoleone nudo di Brera arrivava disinvolto, pavoneggiandosi, seguito da Gabrio Piola, Pietro Verri, Luigi Cagnola, Tommaso Grossi e certi Ottavio Castiglione e Bonaventura Cavalieri; i quali tutti esterrefatti, dicevano all'uomo del destino: «Non si può girare in costume adamitico».

«Nel mio vocabolario» ribatté il fatal còrso, senza voltarsi «non esiste la parola impossibile.»

Il pittore Hayez, con la papalina in testa e la

tavolozza in mano, s'unì alla brigatella e per prima cosa buttò via la tavolozza.

«Sono cent'anni che volevo liberarmene!» esclamò. «Mi hanno fatto il monumento con la tavolozza in mano. Credendo di farmi piacere. Come se non avessi abbastanza tenuto in pugno, nella vita, questo strumento di tortura.»

Per avere notizie circa il grande movimento che si sapeva essersi manifestato contemporaneamente in tutto il mondo, si cercò il monumento di un giornalista.

Allora le statue fecero una curiosa scoperta: fra i monumenti non ce n'era nessuno di giornalista. Nessun giornalista era stato mai ritenuto degno d'un monumento.

Fu giocoforza ascoltare la radio. Le notizie cominciavano ad arrivare, e venivano diffuse di momento in momento: a Firenze s'erano mossi il Biancone, Ercole e Caco, il Perseo, Proserpina in combutta coi suoi rapitori, Savonarola, il Porcellino.

A Bologna, il Nettuno s'era messo alla testa d'una sollevazione.

A Roma, i primi a scendere in piazza erano stati Mosè, le sfingi, le tartarughe. Il piedone di via Piè di Marmo s'avanzava da solo come un'immensa sogliola verso il Collegio Romano, per accodarsi al corteo diretto in Piazza Venezia e del quale facevano parte Madama Lucrezia, Pasquino, Marforio, il Tritone, i tritoncelli, le Naiadi e le Sirene di Piazza Esedra, che ebbero un successo strepitoso, Vittorio Emanuele II, grossissimo e dorato, il bersagliere di Porta Pia, il ferroviere, Goethe, Toti, alcuni imperatori romani. Chiudeva il corteo il muletto di Villa Borghese con le salmerie.

Gioacchino Belli scese tra il popolino di Trastevere e cominciò a molestare le ragazze con la punta del bastone, rispondendo a tono ai loro insulti.

Sull'Appia Antica si videro avviarsi intere famiglie avvolte nei sudari, scese dai monumenti sepolcrali.

A Recanati, il gobbino Leopardi s'avviò tutto fiero: «Sono l'unico monumento del mondo che abbia la gobba» ripeteva.

Un senso di panico si diffuse quando si seppe che dal colle di Arona stava scendendo a passi di gigante il San Carlone alto cento metri.

A Venezia, i cavalli di San Marco, Tommaseo, Manin col leone, Paleocapa, tutti con un piccione sulla testa.

A Torino, gente a cavallo da tutte le parti, con le spade sguainate.

Giungevano dispacci dall'estero. A Parigi, poco. I monumenti in bronzo erano stati portati via durante la guerra. C'erano la Repubblica, De Musset. Nel foyer del Théâtre Français c'era un po' di confusione. Quel seccatore di Voltaire pretendeva assumere il comando. Napoleone in cima alla colonna Vendôme aspettava che lo facessero scendere.

A Londra, l'Eros di Piccadilly scese nella piazza eseguendo sulle punte la Danza delle Ore.

Nelson in cima alla colonna altissima, impossibilitato a scendere da quell'altezza, strillava: «Tiratemi giù!».

A New York, la statua della Libertà s'imbarcò subito per l'Europa, ma a mezza strada ci ripensò e tornò indietro.

Ritornando a Milano, s'incontrava un signore che girava spaesato tenendo in mano l'epigrafe del proprio monumento: "A Agostino Bertani gli Italiani riconoscenti" e mormorando: «Ma chi ero?».

La piccola sfinge o chimera di pietra che sta dalla parte interna della stazione di Milano e si vede solo dal treno, fra le locomotive e gli scambi. Come deve soffrire in quell'ambiente! Scese anche lei e andò al raduno.

Mancava il Sant'Antonio della fontana di piazza Sant'Angelo. «O dov'è andato?» si domandavano tutti. Con la sciabola trinciando l'aria, Vittorio Emanuele II galoppò a cercarlo in piazza Sant'Angelo. La statua era lì, nella consueta posizione. Come? Il Santo non era diventato vero?

Sì, era diventato vero. Ma, appena diventato vero, invece di andarsene, era rimasto nella stessa identica posizione del monumento, a guardare incantato i pesci rossi nella fontana.

E non si muoveva.

Questo racconto era stato pubblicato precedentemente dall'autore nel settimanale «L'Europeo» del 16/8/1953.

Il trumeau

Quando mettemmo su casa, Cecilia manifestò la tendenza a comperare, quanto a mobili, quelle camere complete, standardizzate, appena uscite dalla fabbrica, in cui ci sono invariabilmente quei tali pezzi non uno di più né uno di meno.

«Le case» le dicevo «non si fanno così. Bisogna farle a poco a poco. È la vita che le fa. Aspettare che capiti una occasione, che s'imponga una necessità. Oggi si compera un pezzo, fra un anno un altro.»

Anche perché volevo andarci piano con le spese.

«Sì» diceva lei, «così la casa la faremo all'altro mondo.»

Anche questo è vero. La spuntò.

Tanto per cominciare, comperò una sala da pranzo completa di buffè, controbuffè, tavolo, sedie. Ma dopo un po' si convinse della bruttezza di queste stanze tutte uguali press'a poco, ed entrò nell'ordine d'idee dello stile.

Ci disfacemmo dell'intiera sala da pranzo, rimettendoci l'intiera spesa, ma facendo felici un certo numero di nostre congiunte meno abbienti, che andavano spose. E inaugurammo l'èra dello stile, comperando una credenza dei primi del novecento, d'occasione, alla quale togliemmo la parte di sopra, cioè i cristalli, che, dando troppo l'idea appunto della credenza, facevano pensare a zuppiere con risotto e a minestrine in brodo, incompatibili con l'ambiguità salottiera che noi cercavamo, giusta gli ultimi dettami dell'arredamento domestico; ma che erano l'unica parte un po' pregevole del mobile.

Ma dopo poco la parte di sotto, oltre che insignificante, si rivelò talmente piena di certe specie di minuscoli bacherozzetti, che in fretta ce ne disfacemmo, facendo felice un'ulteriore nostra congiunta meno abbiente.

In verità, lei avrebbe voluto anche la parte superiore, proprio per le ragioni che ci avevano indotti a disfarcene, ma purtroppo Cecilia, famosa per queste liberalità inconsulte, in uno slancio d'altruismo l'aveva già regalata alla donna dei servizi ad ore, prepotente e sfaticata, che si oppose unguibus et rostris alla restituzione. Chi sa poi che se ne sarà fatta, delle sole vetrate, per quanto di cristalli molati, ricurvi. La congiunta meno abbiente si fece costruire dal marito, nelle ore serali, una parte superiore in mica, semplicemente obbrobriosa, ma che ad essi piacque enormemente, in virtù di certi specchietti a tasselli che, quando ci batteva il sole, provocavano interessanti fenomeni di combustione nell'appartamento di fronte.

Voltici verso un genere più nobile, Cecilia si soffermò su una camera da letto stile settecento veneziano, imitazione, beninteso; e la comperò. Ma la camera era talmente carica d'oro zecchino, smagliante perché nuovissimo, e ricca di riccioli e ghirigori, che pareva una torta di burro esposta al calore e in via di liquefazione.

Proprio le ragioni per cui ci era sembrata splendida nel primo momento, diventarono quelle che ce ne fecero disfare dopo un po'. Cecilia, con la sua consueta liberalità, voleva regalarla a un'anziana contadina da cui era stata a balia, pur di non vedersela attorno (la camera, non la contadina). Tanto più che il comò, a due mosse, bombé, era scarsamente utilizzabile, perché aveva un solo cassetto.

Ma osservai esser disdicevole che tanto oro zecchino, costato, tra l'altro, fior di quattrini, finisse in una stalla fra le mucche, o nel sottoportico circondante l'aia, dove, nelle cascine, i villici usano collocare, insieme con l'aratro, anche cassettoni e mobili che non trovano posto in casa. Cecilia si rassegnò a dar la camera in deposito a una terza congiunta meno abbiente (ne abbiamo legioni), che però non pretese alcun compenso per il servizio, il quale del resto le permise di subaffittare un appartamentino a prezzo maggiorato, perché tanto splendore d'ori strappava grida d'ammirazione alle pigionanti.

Dopo qualche altra dolorosa esperienza, a Cecilia s'aprirono gli occhi; le cadde la benda: tutto quello che le era piaciuto prima – il nuovo di zecca, il lustro, il luccicante – le apparve detestabile; e bello ed apprezzabile le parve soltanto quello che prima le sembrava da buttar via: il vecchio, il tarlato, il muffito, lo sconquassato; in una parola: l'antico.

Il primo nostro acquisto fu un mappamondo. Da tempo avevo accennato a un mio vago desiderio di possederne uno, ma non mi riusciva di trovarlo. D'estate andammo al mare, in una cittadina romagnola, dove, in un negozio d'antiquario, ne scoprimmo uno grossissimo.

«Bene» dissi, «si vede che in questa terra di castelli malatestiani, fra cui quello dove la leggenda colloca l'uccisione di Francesca da Rimini, si può ancora trovare qualche suppellettile antica, che nelle metropoli non si trova.»

Pensammo che era stata una vera fortuna essere andati a villeggiare lì, perché avevamo finalmente trovato quello che cercavamo e che a Milano era irreperibile. E anche se l'avevamo pagato un po' caro, il solo ritrovamento ci ripagava delle spese della villeggiatura.

Il ritorno in città fu trionfale, con la sfera di circa un metro di diametro pericolosamente issata sul tetto dell'automobile. E a Milano suscitammo ammirazione e invidia in tutti i visitatori, a cui mostravamo con orgoglio il raro pezzo, spiegando che molto probabilmente proveniva dal castello di Francesca.

Figurarsi la nostra sorpresa, quando ci accorgemmo che inesplicabilmente le vetrine milanesi cominciavano a empirsi di mappamondi identici al nostro. E non soltanto vetrine di antichità, ma anche d'altro: di mode, di viaggi, di libri, di qualsiasi merce che potesse giustificare la presenza di un globo terracqueo antiquato, come motivo decorativo o simbolico. Bisognava pensare che, durante la nostra assenza estiva, era accaduto uno straordinario rinvenimento di tali pregevoli oggetti; che addirittura era stato scoperto un vasto giacimento di mappamondi antichi.

La cosa straordinaria, oltre al perfetto stato di conservazione, era che questi mappamondi per la maggior parte erano identici al nostro, sia di dimensioni, sia di fregi e di gabbia-sostegno. Bisognava pensare che nei secoli scorsi in ogni abitazione, anche povera, ci fossero almeno due o tre grossi mappamondi. Due o tre per stanza, beninteso.

Non essendo, ovviamente, a quei tempi antichità, e quindi non avendo il valore puramente decorativo acquistato oggi, ma essendo, allora, oggetti d'uso, come oggi potrebb'essere una carta geografica o un attaccapanni, è anche maraviglioso che tutte le case ne fossero così largamente provviste. C'è da pensare che a quell'epoca tutti fossero navigatori e scopritori di mondi.

Una cosa, poi, che addirittura rivestiva i caratteri del prodigioso, era che cominciarono ad apparire in vendita perfino dei mappamondi apribili, a mo' di cocomeri spaccati, nel cui interno era sistemato un bar, completo di bottiglie, bicchieri, frullatori, ecc. Indi cominciammo a trovare mappamondi identici al nostro anche in case di amici.

Di fronte a una tale improvvisa inflazione di mappamondi, fu giocoforza rinunziare alla provenienza dal castello di Gradara, e mi sentii un po' imbarazzato quando mi si domandava: «Autentico?», non volendo io né ammettere il sospetto d'aver ricevuto un'impiombatura, né sostenere troppo sfacciatamente una presunta data d'origine risalente oltre i giorni nostri. Mi tolse dall'imbarazzo un amico che, alla domanda: «Autentico?», relativa a un suo mappamondo identico al nostro, mostrò di non dar peso alla cosa. Alzò le spalle.

«Mah» disse con noncuranza, «è in casa nostra da che ero bambino.»

Adottai la risposta con una piccola modifica. Invece che: «in casa nostra da che ero bambino», dissi: «In casa di mio nonno, da che era bambino suo nonno». La cosa non ha grande importanza, ma è una pennellatina che non guasta.

Da allora data la fase acuta della passione di Cecilia per le antichità. Cominciammo a girare tutti i negozi di antiquari d'ogni città dove capitavamo, o dove andavamo appositamente, nonché mostre, esposizioni e un notevole numero di ville private, o adibite a deposito di mobili antichi.

Per un certo tempo frequentammo anche le aste, ma smettemmo dopo che ci fu aggiudicato un orribile vaso, solo perché, udendone il prezzo, avevo inavvertitamente alzato le mani al cielo, in segno di spavento.

Abbiamo preso dimestichezza con l'ottocento inglese, il settecento veneziano, il seicento lombardo, il cinquecento fiorentino, il quattrocento genovese, il trecento umbro. Comperammo una tavola, "fratina", e la mostrai orgogliosamente agli amici, spiegando che l'avevamo trovata in un vecchio convento di frati del duecento; versione che sostenni fino al giorno in cui un cretino mi disse che quel tipo di tavoli non ha niente a che fare coi frati, e che "Fratina" è il nome del mobiliere che li creò. Del resto, potrebbe darsi che questo signor Fratina fosse anche frate.

La stessa cosa mi è capitata coi mobili "maggiolini". Per molto tempo ritenni che questa fosse una qualità di legno, forse ricavata da alberi le cui foglie vengono mangiate dai maggiolini, o dove s'annidano i maggiolini. Invece è il nome del creatore di quel particolare tipo di mobili, e i maggiolini non c'entrano affatto. Pazienza.

Acquistammo anche una notevole esperienza di mobili francesi, Boule, e di Luigi XVI. In verità faccio qualche confusione fra i vari Luigi. Di solito mi butto a indovinare. Ma credo che, in fatto di mobili, il XVI sia il più importante. Comunque, è maravigliosa questa stirpe di re che avevano tutti la vocazione per l'arte del mobilio. Probabilmente essi non immaginavano che i loro nomi sarebbero stati raccomandati soprattutto a tipi di mobili e caminetti. È la stessa cosa capitata a Maria Teresa imperatrice d'Austria coi lampadari che portano il suo nome. A meno che non li abbia inventati lei. Vedete che quel che mi manca non è la competenza.

Comperammo alcune sedie Luigi XVI, che però provocarono qualche dissapore fra me e Cecilia, quando, ostinandosi lei a sostenere che di queste sedie ce n'erano parecchie sotto Luigi XVI, io le feci osservare che in ogni caso non ce ne poteva essere più di una alla volta.

Quanto a Luigi Filippo, mi limito a nominarlo, senza approfondire. Credo che, in fatto di mobili, non valesse gran che. Forse si limitava a mobili in serie.

Il Liberty lo riconosco di colpo.

Siamo stati sui laghi a visitare ville con arredamenti in vendita. Appena sentivamo che c'era qualcosa del genere, piombavamo come falchi. E ogni volta che accennavamo al desiderio di comperare mobili antichi, capitava che qualcuno ci dicesse: «Se volete trovare delle magnifiche occasioni, dovete andare a...»; e chi nominava un paese del Veneto, chi del Piemonte, chi dell'Emilia, chi delle Marche o dell'Abruzzo o della Campania, o delle altre regioni d'Italia.

Quanto a Napoli, sentivamo spesso parlare dei "saponari". La prima volta che capitammo nella città partenopea, domandammo dei "saponari". Capitammo nella Mecca dei cercatori di mobili antichi. Ma erano mobili immensi. Da reggia. Sarebbe stato necessario costruire apposite case ciclopiche, per contenere certi divani per dodici, per ventiquattro; certi seggioloni da Margutte. Non so poi che cosa avessero a che fare, quegl'immensi mobili bianchi, filettati d'oro e tappezzati di damaschi, col sapone e i saponari.

Comunque, sempre prezzi proibitivi. Talché prevalse in noi il concetto dell'occasione, della scoperta, in qualche stalla di montagna.

Per quanto battessimo paesini sperduti, non riuscimmo a trovare che qualche carriola dei giorni nostri, e panche stile odierno, se di stile può parlarsi, nel caso d'una rozza asse a quattro zampe. Benché in qualche antro montano trovassimo anche arredamenti in materie plastiche, con tanto di targhette: "Made in Italy".

Certe nostre conoscenze di campagna cercarono di smerciarci autentiche porcherie a prezzi proibitivi, avendo capito, malgrado le nostre astute finzioni, che cercavamo la scoperta, e d'altronde non essendo essi stessi sicuri di non possedere, nelle loro spregevoli masserizie, tesori a loro insaputa.

In ogni modo, smettemmo di battere la montagna, dopo che, in una sperduta baita, ebbimo riconosciuto alcune cassapanche già viste a un'asta di mobili antichi a Milano. Non era presumibile che il pastore avesse partecipato all'asta, per mobiliare la sua umile capanna. Tanto più che in esso ci parve ravvisare un noto antiquario, inutilmente occultantesi in una non del tutto riuscita truccatura di pecoraro, sotto rozze pelli di capra, seduto all'ombra d'un faggio, mentre tentava invano di trarre qualche suono da una sfiatata cornamusa.

Nelle botteghe d'antiquario, spesso Cecilia mi mostrava un rottame.

«Com'è questo?» mi domandava.

Inforcavo gli occhiali, esaminavo attentamente l'oggetto, con fare d'intenditore. Poi: «Quanto costa?» domandavo all'antiquario.

Se il prezzo era alto, storcevo il naso: «Brutto».

Se era basso: «Bellissimo».

In realtà non capivo nemmeno di che cosa si trattasse e a che potesse servire l'oggetto mostrato.

Dopo la fase "ribaltina", Cecilia ha attraversato la fase "trumeau". Abbiamo cercato dappertutto uno di questi preziosi mobili, ma, o non si trovava come lo volevamo, o costava troppo. Qualcuno ci diceva: «Ormai non se ne trovano più. Gli ultimi sono andati via qualche anno fa». Ma ogni tanto ne vedevamo. Ne vedemmo uno da un antiquario milanese.

«Quanto» dissi «quel trumeau?»

«Cinquanta» disse l'antiquario, accennando un piccolo inchino.

«Mi pare conveniente» bisbigliai all'orecchio di Cecilia.

Ne avevamo visto anche di sei, sette, o ottocentomila lire. Un trumeau per cinquantamila lire era davvero regalato. Evidentemente si trattava di un'imitazione. Fatta bene, però. D'altronde, per quel prezzo, che vorreste? Comunque, provai a tirare un po'.

«È l'ultimo prezzo?» dissi.

L'antiquario scosse il capo.

«Guardi» disse, «proprio perché è un momento di ristagno nelle vendite, posso fare quarantanove e cinquecento.»

Cecilia mi tirava per il gomito, per portarmi via. Ma che voleva di più? Resistevo: un'occasione di cavarmela così a buon mercato non mi si sarebbe mai più presentata.

«Lascia perdere» mi disse Cecilia, mentre l'antiquario si allontanava per andare incontro ad altri clienti, «è un'imitazione.»

«Può darsi» bisbigliai. «Ma per ora prendiamo questo e continueremo a cercare qualcosa di meglio. Anche se questo dovremo buttarlo via, non sarà gran perdita, dopotutto.»

Cecilia è del parere che un'antichità dev'essere autentica e, poi, vuole sempre o il meglio o niente, e, per una cosa che non vale, non spenderebbe nemmeno una lira. Ma io insistevo per l'acquisto, perché un'occasione simile, anche se imitazione, non l'avremmo mai più trovata. Con cinquantamila lire, oggi non si compra nemmeno una credenza di cucina.

Insomma, tanto dissi che la ridussi al silenzio. Feci cenno all'antiquario, che intanto stava conversando con altri clienti.

Quegli accorse.

«Va bene» dissi, «lo compero, ma quarantanove, non una lira di più.»

L'antiquario aprì le braccia rassegnato alla modesta decurtazione.

«Piuttosto» dissi, «ce lo può mandare a casa in giornata?»

L'antiquario guardò l'orologio: «Anche subito».

Tirai fuori il libretto degli assegni e cominciai a scrivere.

«Se può interessarli» disse l'antiquario, mentre, a un suo cenno, due facchini cominciavano a smuovere il mobile, «il loro trumeau è fotografato nel manuale dei trumeaux classici.»

«Va bene, va bene» dissi, col tono d'uno che fa finta di crederci.

L'altro intanto era andato a prendere da uno scaffale un volume d'arte e lo porse a Cecilia, aperto a una certa pagina.

«Non è davvero un prezzo eccessivo» aggiunse, «cinquanta milioni.»

Mi sentii gelare. Senza alzar la testa dall'assegno, ma con la mano paralizzata sul quarantanov..., guardai Cecilia con la coda dell'occhio. Mi giungeva all'orecchio, come da una lontananza infinita, in un ronzio confuso, la voce dell'antiquario.

«I signori» continuava costui «si portano un capitale a casa. Perché il giorno che volessero rivendere il trumeau, glielo ricompero io, magari a prezzo maggiorato... Piano!» gridò ai facchini, che sollevavano il mobile.

Nei momenti cruciali, Cecilia ha delle risoluzioni da grande stratega. Guardò fuori del negozio.

«Il vigile ti sta facendo la contravvenzione alla macchina!» gridò, uscendo a precipizio e trascinandomi via.

Ebbi appena il tempo di gridare all'antiquario: «Torno subito!».

Fuori, Cecilia s'appoggiò al muro per non cadere. Scossa da un tremito nervoso, non si reggeva in piedi. Quando fu in grado di parlare, esplose in una sfilza d'ingiurie soffocate al mio indirizzo, piangendo istericamente.

«Che figura! Che figura!» ripeteva.

Io ero troppo felice d'essermi tirato fuori a buon mercato e con relativa facilità, per dividere il suo rossore.

«Se anche avessimo cinquanta milioni» gemeva lei, «saremmo ridotti sul lastrico.»

«Potremmo vendere l'appartamento» dissi. «Già, ma non l'abbiamo ancora pagato. E del resto, non basterebbe. E, poi, dove metteremmo il trumeau?»

Avremmo dovuto tenerlo con noi all'aperto, esposto alle intemperie. Vero è che potevamo sistemarci alla meglio sotto il ponte della ferrovia, ma il prezioso mobile ne avrebbe certamente sofferto.

«L'antiquario» azzardai «ha detto che è pronto a ricomperarlo per un prezzo maggiore. Se glielo rivendessimo subito?»

Cecilia continuava a torcersi le mani, senza ascoltare.

«Stavano già trasportando il mobile!» gemeva. «E adesso che facciamo? Ci aspetta...»

Ho anch'io, qualche volta, dei lampi di genio.

«Andiamo a farci una bella cenetta» dissi.

Andammo in un ristorantino elegante, dove potemmo fare un'ottima cenetta, per una cifra assai inferiore a quella che avevamo corso il rischio, del tutto platonico, di spendere.

Da allora abbiamo evitato di passare per la via dell'antiquario e, appena possibile, ci siamo trasferiti a Roma, dove, in via Babuino, diventammo presto popolari presso i molti antiquari, come coloro che domandavano sempre i prezzi senza mai comperare.

Adesso frequentiamo di preferenza Porta Portese, dove andiamo il sabato notte e dove concludiamo sempre qualche buon affare, nel genere maniglie arrugginite, teiere di peltro targate col nome di vecchi alberghi inglesi i quali hanno evidentemente rinnovato l'attrezzatura, o subìto un furto.

Anche ottime occasioni ci si sono presentate nel campo dei vecchi ferri da stiro a carbone, e abbiamo acquistato un braciere, un vecchio scaldino, un quadro ad olio raffigurante una donna serpente; abbiamo anche potuto entrare in possesso, per una ragionevole somma, del mozzo di una ruota di carretto siciliano e d'un'anfora forse indiana (ma dev'essere un'imitazione), che però s'è rivelata inutilizzabile come portafiori, perché bucata.

Giorni fa Cecilia è rincasata tutta ansante e felice, e m'ha detto con aria di mistero d'esser riuscita a comperare, per una cifra relativamente modesta, un grosso frammento di vaso etrusco.

Sussultai, riconoscendo in quello che mi mostrava, il caratteristico manico che non lasciava dubbi sulla vera natura dell'oggetto. Ma non dissi niente, per non addolorarla. Tutto quello che ho potuto ottenere, è che non sia esposto in salotto. Con la scusa di sottrarlo ad eventuali ispezioni della Direzione Antichità e Belle Arti, lo teniamo nascosto sotto il letto. Del resto, è il luogo che meglio gli si addice.

Asparagi e immortalità dell'anima

Non c'è alcun rapporto fra gli asparagi e l'immortalità dell'anima. Quelli sono un legume appartenente alla famiglia delle asparagine, credo, ottimo lessato e condito con olio, aceto, sale e pepe. Alcuni preferiscono il limone all'aceto; anche eccellente è l'asparago cotto col burro e condito con formaggio parmigiano. Alcuni ci mettono un uovo frittellato sopra, e ci sta benissimo. L'immortalità dell'anima, invece, è una questione; questione, occorre aggiungere, che da secoli affatica le menti dei filosofi. Inoltre gli asparagi si mangiano, mentre l'immortalità dell'anima no. Questa, insomma, appartiene al mondo delle idee. Naturalmente, nel caso in esame, all'idea corrisponde un fatto. Da questo punto di vista si può dire che l'immortalità dell'anima è una qualità dell'anima, una proprietà peculiare dell'anima, un concetto insomma, il quale indica il fatto che le anime sono immortali. Siamo sempre ben lontani dagli asparagi.

Altra differenza è che sono state scritte molte più opere sull'immortalità dell'anima, che sugli asparagi. Almeno credo. Ancora: non tutti credono all'immortalità dell'anima, mentre che degli asparagi e della loro esistenza tutti sono certi, nessuno ne dubita. Eppure la verità è proprio l'opposto: si può dubitare dell'esistenza degli asparagi, non dell'immortalità dell'anima. Tuttavia, anche così, tra gli uni e l'altra c'è un enorme divario.

Ciò senza dire d'infinite altre differenze fra quelli e questa.

Vediamo ora se e in quali direzioni si possano ricercare punti di contatto fra gli asparagi e l'immortalità dell'anima. Questa e quelli possono generalmente considerarsi cose *gradevoli*. Difatti, se l'anima non fosse immortale, nulla resterebbe di noi, e questo sarebbe molto sgradevole. Di tutt'altro genere è la gradevolezza degli asparagi, che graditi sono al palato.

Mi accorgo che casualmente m'è venuta sotto la penna un'analogia del tutto accidentale fra gli asparagi e l'immortalità dell'anima: m'è capitato, cioè, di dire che, se l'anima non fosse immortale, nulla resterebbe di noi; invece, essendo essa immortale, resta molto, resta la parte migliore di noi. Anche degli asparagi resta molto, purtroppo; ma al contrario di noi, non la parte migliore o più nobile. Anzi, resta la peggiore, il gambo. Tuttavia, esso resta in misura considerevole, il che non avviene nel caso d'altri vegetali già cotti, come, per esempio, gli spinaci, che sono interamente commestibili. Forse questo è l'unico punto di contatto fra l'immortalità dell'anima e gli asparagi e sono lieto di averlo trovato, sia pure involontariamente e per mero caso, perché questo dà un contenuto positivo all'indagine che ci eravamo proposti e ci procura dei risultati che vanno oltre le più ottimistiche previsioni. Ma, ripeto, è un contatto puramente formale ed esteriore, in quanto c'è una bella differenza fra l'anima e un gambo d'asparago! Non solo. Ma questa analogia del tutto formale non è nemmeno esclusiva degli asparagi, poiché anche i carciofi si trovano nella stessa situazione, quanto a percentuale di scarto.

Per concludere e terminarla con un'indagine che la mancanza di idonei risultati rende quanto mai penosa, dobbiamo dire che, da qualunque parte si esamini la questione, non c'è nulla di comune fra gli asparagi e l'immortalità dell'anima.

I suoi capelli biondi
(Romanza senza parole)

PERSONAGGI:
ALFONSO IL PARRUCCHIERE.
ALCIDE, O: IL SIGNORE BIONDO.
GARZONI DI BOTTEGA, CLIENTI, MANICURE.

La scena si svolge nella bottega di Alfonso il parrucchiere, indicata sulla porta col solo nome di «Salone». Essa è affollata di clienti. All'alzarsi del sipario ALFONSO IL PARRUCCHIERE *sta tagliando i capelli ad* ALCIDE, O: IL SIGNORE BIONDO *che, immerso nella lettura del «Figaro», non segue l'opera del figaro. L'azione va avanti così in silenzio fino a che il Parrucchiere non ha finito. Se il pubblico si stanca tanto peggio per lui: si sa che il taglio dei capelli è cosa che richiede un certo tempo. Del resto l'impresa potrebbe distribuire dei giornali agli spettatori sì che questi ingannino l'attesa leggendo come appunto si fa dal parrucchiere.*

Nelle altre poltrone della bottega stan seduti altri clienti sotto le mani di garzoni che li tosano o li rado-

no, o insaponano, o fanno la sfumatura o qualcuna delle molte operazioni che si fanno dal parrucchiere.

Particolare ad libitum, che però può aggiungere movimento alla scena: Alcide, mentre sotto le mani del figaro legge il «Figaro», fuma un sigaro.

IL PARRUCCHIERE (*finita l'opera sua mette – giusta le buone regole dei parrucchieri – uno specchio dietro la nuca di Alcide acciocché questi possa constatare con uno sguardo d'assieme la riuscita del taglio e dichiararsi soddisfatto o meno*).

ALCIDE, O: IL SIGNORE BIONDO (*solleva gli occhi dal giornale e guarda. Ora per la prima volta vede l'operato del Parrucchiere. Senza far motto si alza e gli assesta una poderosissima pedata sotto le reni*).

(*Sipario*)

Dal parrucchiere

Mezzo abbagliato dal sole dell'accecante pomeriggio estivo, Piero s'affaccia nella bottega del barbiere tenuta in penombra. Sta per ritirarsi, vedendo che c'è da aspettare, ma uno dei barbieri, mentre lavora di forbici alla testa d'un cliente, gli dice: «S'accomodi».

Pensando che quel barbiere stia per finire, Piero si mette a sedere, apre un giornale. Ma dopo un momento s'accorge che nella penombra degli angoli ci sono altri clienti seduti in attesa del turno, con facce congestionate dal caldo, come aragoste.

Piero pensa: Sono stato debole a restare. Avrei dovuto andare da un altro barbiere.

Adesso non gli conviene andarsene. Perderebbe il tempo che ha già aspettato e da un altro dovrebbe ricominciare ad aspettare. Entra un nuovo cliente, che domanda: «C'è da aspettare?».

«No, s'accomodi» dice lo stesso barbiere che aveva parlato prima.

E già, pensa Piero, ci trattengono così. Una volta seduti, siamo alla mercé loro.

Il nuovo venuto siede e piglia un giornale.

È capitato in posizione più favorevole di me, pensa Piero. Chi non ha visto che io c'ero già, potrebbe credere che invece io sia arrivato dopo.

Prevede già un litigio, la necessità di chiamare i presenti a testimoni.

Ho sbagliato a occupare questo panchetto proprio vicino all'entrata, pensa. L'altro s'è messo più all'interno. Sta davanti a me. Ma io sto in guardia.

È pronto a scattare quando sarà il proprio turno. Pensa: E se questo ch'è arrivato dopo di me vuol passarmi davanti, d'accordo col barbiere? Gli altri clienti non sembra abbiano visto. Come possono sapere ch'io c'ero prima? Non si sono nemmeno accorti quando siamo arrivati. Leggono o sonnecchiano. Al massimo potrò alzarmi e andarmene, in caso di sopraffazione. Ma il tempo che ho perduto aspettando? È lecito a un esercente non rispettare l'ordine delle precedenze? Non credo. Minaccerò di far causa. Ma siamo sempre lì: come faccio a dimostrare che c'ero io prima, se nessuno l'ha notato e se il barbiere e l'altro vogliono farmi questo sopruso? Ci vorrebbe un numero d'ordine. Siamo ancora a sistemi antiquati.

L'uno dopo l'altro, quelli che lo precedevano sono andati sotto i ferri. Ormai non restano che lui e quello arrivato dopo di lui, che si trova in posizione avanzata rispetto a lui. Piero potrebbe, a scanso d'equivoci, prepararsi già, mettersi in posizione più avanzata dell'altro. Ma non vuol far vedere che teme una sopraffazione; non vuole aver l'aria di mettere in discussione il proprio buon diritto. Guarda uno dei clienti sotto i ferri, quello che dovrebbe lasciargli il posto. Pensa: E questo fesso che si sta facendo sbarbare. Il barbiere sembra che stia dipingendo. Sembra Raffaello. Fa i ritocchi col pennello. Come fosse una pelle preziosa.

Si libera il posto. Piero, pronto a scattare, non si muove. Aspetta di vedere se l'altro tenterà di passargli avanti. Il barbiere, scotendo l'asciugamano, lo guarda e dice, calmo: «S'accomodi, signore».

Piero prende posto.

Sotto le forbici del parrucchiere, davanti allo specchio, pensa: Quanto m'è antipatico quest'imbecille vicino. Si dà importanza. Forse si crede un bell'uomo e un personaggio autorevole, perché il barbiere lo conosce.

(Dal barbiere ha sempre l'impressione che tutti siano clienti abituali, meno che lui. Gli sembra che tutti ci vadano molto più spesso che lui, forse tutti i giorni, che gli altri ci siano quando lui non c'è.)

Costui, pensa del vicino, cliente abituale lo è certamente. Forse non tanto per curarsi la testa, quanto perché qui trova il proprio mondo. Per tutta la settimana è un fesso qualunque. Il sabato sera viene dal barbiere e "ingegnere" di qua, "ingegnere" di là, diventa un personaggio importante. Si fa fare anche le mani. Parla con la ragazza, tranquillo, senza curarsi della gente che sente, e ridono, in confidenza, come fossero vecchi amici, scherzano su comuni conoscenti, li prendono in giro. Forse si vedono fuori assieme, partecipano a gite e feste a mia insaputa. Anche il barbiere del mio vicino, e il mio, partecipano ogni tanto alla conversazione dei due, con qualche allusione a scene avvenute in mia assenza. Forse si vedono fuori tutti, forse se l'intendono tutti fra loro, e in un modo piuttosto intimo, pare. È tutta una cricca. Il vicino si gonfia di boria. E quanto è cretino questo barbiere, che gli dà importanza. Lo crede importante, si vede che non ha mai conosciuto persone importanti, e questo gli pare chi sa chi. S'empie la bocca con la parola "ingegnere", la tira fuori a ogni momento. Gli farà impressione questo titolo, forse. Poi mi urta i nervi che il barbiere il quale sta tagliando i capelli a me faccia conversazione confidenzialmente col cliente vicino, il quale è sotto le mani d'un altro barbiere. Mi pare una mancanza di riguardo a me, una scorrettezza. Come se io non contassi niente. Come fossi una *quantité négligeable*. Come se non esistessi. Sono geloso, mi sento tradito. Forse, però, capisco che io non sono di quei cretini che fanno conversazione col barbiere e si vendicano come possono. Di fatti, io non dò spago. Forse, in questo momento pensano di me: Non si degna. Speriamo. Mi seccherebbe di più se non pensassero niente, di me. Ma forse non pensano proprio niente. E il bello è che non parlano neanche del più e del meno, o di cose di pubblico dominio. Parlano di fatti privati, d'episodi loro. Hanno una vita in comune, si vede. Io mi domando dove possano incontrarsi, fuori di qui. Perché è evidente che s'incontrano.

Piero si sente escluso. Continua a pensare: Al mio barbiere puzzano le mani. Questo mascalzone mi spunta appena appena i capelli. E già. Vorrebbe che tornassi tutti i giorni. Si limita a stuzzicarmi con la punta delle forbici, senza fretta, per giustificare il pagamento. Ma ora gli dico di tagliarli di più. Non sono mica scemo, io. E se lui, per dispetto, mi dà una sforbiciata grossa, da portarmi via mezza capigliatura? Non posso mica farmela riappiccicare, poi. Quello che mi fa più rabbia di tutto è vedermi trattato da scemo. Però, sono pedante. Bisogna pure lasciar vivere. Ognuno ha i propri piccoli trucchi nel lavoro. Anch'io. Al solito, a taglio ultimato, mi mette lo specchio dietro la nuca. Non vedo niente, ma approvo ugualmente. Al solito. Pare sia una formalità di cui non si può fare a meno, questa dello specchio finale per la approvazione. Sarebbe bello dirgli: «Assassino, mi ha massacrato». Ma lui non s'aspetta che consenso.

Il cliente vicino, tra una frase e l'altra della conversazione, pensa di Piero: Lui non interloquisce. E già. Si dà importanza. Non si degna. Sapesse quanto me ne infischio io.

Poi pensa: Più che altro parlo per essere segretamente ammirato da questo signore che non conosco. Certe cose le dico unicamente perché lui senta.

Con una trafitta dolorosa al cuore, Piero si rammenta d'un collega che proprio quel giorno ha avuto uno speciale riconoscimento molto ambito, con un premio in danaro. È un collezionista di questi riconoscimenti, il collega. È furbo. È intrigante, con quella sua aria di buono. Qualunque cosa faccia, riesce ad ottenere premi e soddisfazioni. E lui niente. Tutti hanno qualcosa, meno che lui. Intrigano, si danno da fare.

Per un attimo si consola pensando che forse anche il collega premiato ha qualche amarezza, a causa di altri colleghi più furbi di lui. Ha il sospetto che anche il cliente vicino si senta segretamente misconosciuto e danneggiato dagl'intrighi di altri che gli fanno la forca. Pensa: Siamo tutti vasi incrinati, siamo tutti feriti.

Anche il barbiere pensa. Pensa: Io che penso? Niente. Starei fresco, se dovessi pensare ogni volta che taglio capelli o rado barbe. Se pensassi, farei il pensatore, invece del barbiere. E poi il mio è un mestiere in cui non bisogna distrarsi.

Poi pensa: Chi sa se riuscirò ad appioppare un profumo a questo tale? Mi sembra un tipo timido. Proprio quello che ci vuole.

Domanda: «Uno sciampo?».
«No.»
«Una frizione alla colonia?»
«No.»
Pensa: Resiste più di quello che credevo.
Domanda: «Brillantina?».
«Mi fa male.»
Il barbiere pensa: È spilorcio, ma mica scemo.

L'attrazione del vuoto

Si narra di persone che, affacciate su un abisso profondissimo o da un'altissima torre, provano un senso di "attrazione del vuoto".

Forse il pensiero che un atto tanto semplice e tanto grave, quale è il buttarsi giù, dipende da un loro piccolissimo gesto, sicché il farlo o non farlo è soltanto attaccato all'esile filo della loro volontà, riempie questi signori – spero che non sieno molti, in verità – d'un tale timore di "indursi a buttarsi giù", di non riuscire ad evitare un atto gravissimo il quale dipende unicamente da essi stessi, che finiscono con l'esser presi dal capogiro e col precipitarsi nel vuoto.

Giorgio era andato a visitare un autorevole personaggio a cui doveva chiedere un favore e che lo ricevé con molta affabilità. Era costui un uomo a cui l'autorevolezza non impediva d'esser cordiale. Col bel volto rasato, largo, aperto e sorridente, stette ad ascoltare Giorgio e si dimostrò molto ben disposto verso di lui. Quando questi ebbe finito di parlare, l'autorevole uomo gli disse che l'avrebbe aiutato molto volentieri e si diffuse a parlare del caso di Giorgio e delle possibilità che aveva e che avrebbe sfruttato a vantaggio di lui. Mentre egli parlava con la massima gentilezza protendendo il bel faccione roseo, rasato, autorevole, Giorgio era molestato da un pensiero: Se all'improvviso, senz'alcuna ragione, gli dessi uno schiaffo?

Cosa terribile. Che figura avrebbe fatto! E quale sorpresa per l'autorevole personaggio che certo non se l'aspettava, tanto più che stava parlando affabilmente a Giorgio e gli assicurava il proprio appoggio. Per quanto Giorgio ci pensasse, non arrivava a figurarsi quello che sarebbe accaduto se egli avesse dato uno schiaffo all'autorevole personaggio. La maraviglia di questo, insieme con l'indignazione. Ne avrebbe avuto ben d'onde. Giorgio pensava anche: Danneggerei me stesso.

E pensava contro di sé: Soprattutto mi farebbe male al cuore; non me lo perdonerei, se gli dessi uno schiaffo; è un galantuomo, una persona così gentile.

Il personaggio, continuando a parlare cortesemente, guardava Giorgio negli occhi, e questi pensava: Non immagina mai che in questo momento io penso a quello che avverrebbe se gli dessi uno schiaffo. E come potrebbe pensarlo? Sarebbe proprio un atto ingiustificato, assurdo. Ma pensare, se si potesse leggere nel pensiero!

E al pensiero che l'altro non gli poteva leggere nel pensiero, provava quasi una gioia maligna. Gli pareva di stare al riparo mentre fuori imperversava il temporale. Atteggiava più che mai il volto a una sincera espressione di rispettosa ascoltazione e più che mai pensava: Ciàc! Su quel bel faccione. Che catastrofe! Resterebbe sbalordito e indignato; correrebbero gli uscieri; forse sarei arrestato; o messo al manicomio; non potrei in nessun modo giustificare un atto simile, che nulla in realtà giustificherebbe. Sarei un mascalzone.

Un'ilarità interna gli solleticava lo stomaco mentre ascoltava compunto l'autorevole personaggio. Poi pensava: Mascalzone che sono, anche senza dargli uno schiaffo. Mi sta promettendo appoggi e io penso a quel che avverrebbe se gli dessi uno schiaffo. Sono pensieri che non dovrebbero nemmeno venirmi.

E quasi rabbrividendo: Che pandemonio avverrebbe! E che figura! Vorrei esser sotterra.

Poi, mentre l'altro lo guardava negli occhi con occhi benevoli e del tutto ignari: Ciàc!, su quel bel faccione.

Non t'immagini nemmeno lontanamente quello che mi passa per la testa. Basterebbe un piccolo gesto. Il faccione è a portata di mano. Ciàc! e il disastro. Non dipende che da me il non farlo. È un atto gravissimo e semplicissimo di cui l'evitarlo non dipende che dall'esile filo della mia volontà. E il farlo altrettanto: nessuno sforzo né fisico né di volontà; per farlo non mi occorrerebbe che compiere un piccolo moto della mano; con una spaventosa facilità creerei una situazione spaventosa per me. È un pericolo terribile. E se il filo della mia volontà, che mi trattiene e che potrei spezzare con un niente, si spezzasse? Non dipende che da me. Ciàc!

Ciàc! Ciàc!, rideva lo spiritello maligno nello stomaco.

Il faccione sorrideva benevolo, florido, proprio lì, a pochi centimetri di distanza.

Non dipende che da me. Sono alla mercé della mia volontà. Che disastro sarebbe!

Ciàc!

Lo schiocco secco risuonò all'improvviso nel queto salone.

Il faccione era rimasto senza fiato, boccheggiante, per un attimo. Poi si rovesciò gridando su Giorgio che era diventato un cencio e si guardava la mano terrorizzato.

Giorgio si lasciò malmenare e trascinar via dagli uscieri. Udì voci indignate che gridavano «mascalzone», «delinquente» e «pazzo». Non oppose la minima resistenza. Capiva benissimo d'aver torto marcio e avrebbe voluto sprofondar sotterra per la vergogna; specie agli occhi di quell'uomo così gentile e benevolo verso di lui.

Per lui provava una pena acuta. Avrebbe voluto riacquistarne subito la stima e la benevolenza. Dirgli che sapeva di averlo colpito ingiustamente e che ne era pentito.

Quando lo interrogarono non seppe proprio giustificare l'atto. E in realtà non c'era nessuna giustificazione possibile. Anzi, egli avrebbe avuto tutte le ragioni per trattare col massimo riguardo una persona gentile che lo aiutava. Oltre tutto egli aveva danneggiato se stesso. E questa era la miglior difesa per lui. Nessun risentimento. Al contrario.

Ma allora perché lo aveva fatto?

Proprio per questo; perché sarebbe stato assurdo, addirittura spaventoso fare una cosa tanto grave e tanto fuori luogo.

Non lo capivano. Lo credevano pazzo.

Ma dentro di sé, pur ammettendo che aveva torto marcio, che aveva fatto una cosa ingiusta e gravissima senza ragione, Giorgio sapeva benissimo di non essere pazzo.

Il biglietto da visita

Il viandante scalcagnato entrò col figlioletto nel vestibolo del sontuoso albergo, si diresse verso la cattedra del portiere e, dopo aver a lungo frugato nella rigonfia borsa spelacchiata che mai lo abbandonava, ne trasse un biglietto da visita e lo porse all'uomo gallonato.

«Mi annunzi al direttore» disse.

Il portiere, che intanto aveva squadrato dall'alto in basso lo strano personaggio, le sue scarpe malridotte e il nodoso bastone che a costui serviva per tener lontano i cani da pastore nelle sue lunghe peregrinazioni, diè un'occhiata al cartoncino. Di colpo, sbalordito, fece una riverenza al nuovo venuto e corse ad annunziarlo.

Sul biglietto si leggeva: «S.E. prof. ing. avv. comm. Pasini».

Dopo poco dall'alto della scalea si precipitava giù il direttore dell'albergo in persona che, chiamato mentre stava per andare a letto, stava terminando di infilarsi il tight. Col biglietto in mano fece un profondo inchino al visitatore e: «In che posso servirla, eccellenza?» disse.

Il viandante scalcagnato si schermì.

«Non sono eccellenza» fece, modesto.

«Ma sul suo biglietto è stampato S.E.» osservò l'altro.

«Sono le iniziali del mio nome: Silvio Enea.»

Il direttore era rimasto un po' smontato.

«Bene professore» fece, «dica pure.»

Nuovamente l'altro ebbe un cortese gesto di protesta come chi non ambisca i titoli.

«Non sono professore» disse.

«Ma questo "prof."?»

«Abbreviazione di profugo» spiegò il nuovo venuto. «Sono profugo d'un campo di concentramento.»

«Mi dispiace molto ingegnere» fece il direttore, dopo aver data un'altra occhiata al biglietto da visita.

«Non sono ingegnere» mormorò il visitatore.

«Eppure» disse l'altro, «qui c'è un "ing.". Non vorrà dirmi» aggiunse in tono rispettosamente scherzoso «ch'ella sia un ingenuo o un ingiusto, e tanto meno un ingeneroso.»

«Ingegnoso» precisò il viandante, «nient'altro che ingegnoso. E glielo prova fra l'altro il fatto d'indicare questa mia virtù con un'abbreviazione che talvolta mi procura dei vantaggi.»

«Ah» fece il direttore, con una certa freddezza, «allora la chiamerò soltanto col suo titolo di avvocato.»

Il nuovo venuto fece spallucce.

«Quale titolo?» esclamò tra stupito e divertito per l'equivoco. «Quale avvocato? Quando feci fare i biglietti da visita non ero in pianta stabile nel posto che occupavo. Ciò le spiega quell'"avv." che tanto l'ha impressionato e che sta per avventizio.»

«E qual era questo posto, commendatore?» domandò l'uomo in tight con deferenza; ché anche il titolo di commendatore, per quanto svalutato, merita qualche considerazione.

L'altro si fece serio: «Non sono commendatore» precisò. «Non mi piace attribuirmi titoli che non ho. E ai quali non tengo.»

«Eppure qui dice "comm."» scattò il direttore. «Oh, perdio santissimo, non sono mica cieco. Leggete anche voi.» E sventolava il biglietto sotto gli occhi del portiere ammutolito.

Il viandante scalcagnato non si scompose.

«Abbreviazione di "commissionario"» disse con cortese fermezza. «Ero commissionario d'albergo.»

S'udì un tonfo.

Il portiere gallonato, che aveva assistito alla scena, cadde lungo disteso. Il fatto che colui ch'egli aveva ritenuto, non soltanto commendatore, ma addirittura eccellenza, fosse invece un semplice commissionario fu per il brav'uomo il crollo di un'illusione. Tanto più che, tratto in inganno da quella sfilza di presunti titoli, egli aveva elargito al personaggio parecchi rispettosi inchini. Non si risollevò più dal colpo. Colto da un febbrone, in breve volger di tempo morì. Ma per fortuna la catastrofe avvenne dopo la fine della scena che è oggetto del presente racconto.

Quindi non saremo tenuti a rattristare i lettori con la descrizione d'una degenza complicata da un doloroso delirio.

Per il direttore dell'albergo, intanto, la notizia che il presunto commendatore altri non fosse che un commissionario fu una doccia fredda sul suo entusiasmo di poc'anzi.

«Dica, Pasini» mormorò seccamente.

L'altro scosse il capo.

«Che?» urlò il direttore. «Scuote il capo? Non sarebbe per caso nemmeno Pasini? Questo è troppo.»

Ma l'altro lo tranquillizzò.

«Scuoto il capo per passatempo» disse.

«Bene, brav'uomo» borbottò il direttore; e dovette far forza a se stesso, ché non gli era facile dar del brav'uomo a uno che pochi istanti prima egli aveva creduto un commendatore. «Che cosa desidera?»

«Vorrei essere assunto come facchino.»

«E mi fa anche alzare dal letto?» urlò il direttore. «Siamo al completo!»

Gli voltò le spalle piantandolo in asso.

Il viandante scalcagnato affondò il biglietto nella borsa e col figlioletto per mano si allontanò nella notte.

Il moroso

Un altro equivoco di Pedro Mendoza è strettamente connesso con la sua vita sentimentale. Egli aveva spesso sentito parlare del "moroso" in genere. Talvolta, Anna, una grassona ch'era a servizio in casa sua, chiedeva di uscire.

«Dove vuoi andare?» le domandava Pedro.

«A passeggio col moroso» diceva lei.

Pedro aveva anche sentito dialoghi di questo genere: «Tu ce l'hai il moroso?».

«Io no.»

«Ti compiango.»

Talché, dopo essersi domandato più e più volte: «Ma che sarà questo moroso?», gli venne voglia di averlo anche lui, pur non avendo la più lontana idea di quel che fosse. Ché, se l'avesse saputo, si sarebbe guardato bene dal cercarlo. Detto fatto, si mise alla caccia. Ma come procurarsi quel che cercava? In buon punto sentì il padrone di casa che si lamentava dicendo che uno degli inquilini era moroso.

È quel che fa per me, pensò Pedro.

S'adoperò per stabilire rapporti amichevoli con costui. La cosa non fu difficile, mercé la potenza dell'oro, che gli permise d'invitare a pranzo l'altro. A farla breve, riuscì a farselo amico. Lo chiamava: «Il mio moroso». Uscendo diceva: «Vado dal mio moroso».

«Dov'è Pedro?» domandavano gli amici.

«È uscito col moroso... È a passeggio col moroso... È andato al cinema col moroso...»

Naturalmente si basavano su quello che diceva loro Pedro. Il quale non aveva mai voluto presentare quella ch'egli riteneva una rara e preziosa amicizia. La domenica il brav'uomo non mancava di andare ai giardini pubblici o sui bastioni col moroso. S'annoiava mortalmente, ma Anna, la sua istitutrice in questa materia, gli aveva detto che s'usa così ed egli s'uniformava disciplinatamente ai dettami relativi al moroso.

Ora avvenne che questi, profittando dell'intrinsichezza con Pedro, gli chiese un prestito. Pedro, temendo di perderne l'amicizia, s'affrettò a concederglielo. L'altro, appena avuto il denaro, se ne servì come prima cosa per pagare le pigioni arretrate. Così il padrone di casa incontrando Pedro gli disse: «Sa quel suo amico...».

«Ebbene?»

«Da qualche tempo non è più moroso.»

Per Pedro fu una mazzata in capo.

«Possibile?» disse.

«Diamine» fece l'altro, «ha pagato.»

Pedro rimase sinistramente impressionato. Sia per il fatto in se stesso, che il suo moroso si fosse dato ad amicizie mercenarie, sia soprattutto perché aveva capito d'essere stato proprio lui a fornire a quell'uomo di pochi scrupoli dei mezzi per non essere più il suo moroso. Il padrone di casa, di fronte al suo disappunto per lui incomprensibile, gli disse, scotendo il capo: «Non capisco perché se la prenda tanto. Tra l'altro il mondo è pieno di morosi».

«Davvero?»

«Sapesse quanti ne conosco io.»

Pedro voleva che l'altro gliene indicasse qualcuno, ma il padrone di casa, accampando ragioni di discrezione, riservatezza, ecc., si rifiutò. Conclusione, rimasto senza moroso, Pedro per un po' di tempo si aggirò tetro e sconsolato per la città. Poi decise di darsi alla ricerca di un altro moroso. In buon punto si rammentò d'aver sentito parlare anche del "moroso de la nona". Si dette alla ricerca di questo e riuscì a trovare prima un tale che, avendo comperato un disco della Nona di Beethoven e tardando nel pagarlo, si poteva considerarlo, con un po' di buona volontà, il moroso della Nona; poi trovò un altro ch'era in ritardo coi pagamenti di certe derrate che aveva acquistato dal Comune e perciò poteva esser considerato, sempre con un po' di buona volontà, il moroso dell'Annona. Dubbioso se intrecciare rapporti di amicizia col primo o col secondo, Pedro passava ore angosciose, che s'aggravarono quando si presentò un giovinastro in casa chiedendo della domestica e qualificandosi anche lui come il moroso dell'Annona (così era chiamata Anna a causa delle sue proporzioni). Figurarsi come rimase costui quando seppe da Pedro che esisteva un altro moroso dell'Annona, anzi, a voler essere precisi, ne esisteva più d'uno, perché parecchi si trovavano nell'angosciosa situazione di quel tale che tardava nel pagare le derrate municipali. Il giovinastro, in un impeto di gelosia, minacciava fuoco e fiamme. Pedro dovette penare non poco a calmarlo e addirittura corse il rischio d'essere accoppato quando, provocando nell'altro un pericoloso equivoco, gli esibì la propria amicizia.

Avventura di viaggio

Avete mai visto certi tipi seri, che stanno molto sulla loro e in tutto quello che fanno si danno una grande importanza, dimostrando di avere un alto concetto e il massimo rispetto di se stessi? Sono quelli che sogliono dire di sé, con fierezza: «Perché io sono una persona seria».

Uno di questi era Eduardo Coco e ve ne sareste accorti alla prima occhiata se soltanto l'aveste visto salire in treno alla stazione di Sarzana in quel caldo mezzodì estivo. Quale sostenutezza nei suoi gesti, quale serietà e soprattutto quanto decoro nella sua persona! Quale luce di pensiero splendeva sulla sua fronte leggermente calva! Egli veniva da Milano e, dopo una serie di faticosi e non felici cambiamenti di treno, fra i quali uno a Santo Stefano di Magra, prendeva ora il treno che da Genova andava a Roma. Entrò in uno scompartimento di seconda classe, attratto dalla vista di una dignitosa signora bionda che sedeva in un angolo, e prese posto di fronte a costei, deciso a tentar l'avventura.

Purtroppo il resto dello scompartimento era occupato da alcuni giovanotti che non si capiva se fossero studenti o giocatori di calcio in viaggio per una partita. Non già che costoro insidiassero la dignitosa viaggiatrice e che potessero ergersi a concorrenti di Eduardo Coco. Al contrario, non la degnavano d'un'occhiata; proprio come se non esistesse. Ma a Eduardo dava fastidio intavolare una conversazione galante in presenza di quei testimoni rumorosi e spregiudicati, che certo avrebbero intuito le sue mire e forse ne avrebbero riso. La dignitosa signora bionda non era più giovanissima, ma era assai benportante e molto vistosa; insomma, per un'avventura di viaggio andava più che bene; ma occorreva, con un tipo come lei, spiegare una tattica tutta a base di sfumature delicate, di sentimenti in sordina, e la presenza dei turbolenti giovinotti non era la condizione più favorevole a un simile lavoro di cesello.

Tanto più che essi facevano tra loro, e con altri molti amici che occupavano i vicini scompartimenti, scherzi grossolani e un chiasso d'inferno; e sporcavano dappertutto con un subisso di cestini da viaggio; si lanciavano gusci d'uova e bucce d'arancia l'un contro l'altro; insomma erano quel che si dice compagni di viaggio indesiderabili.

La signora era palesemente spoetizzata. Eduardo Coco li guardava con occhio ostile e addirittura con un sentimento di odio. La loro presenza gli vietava perfino di rivolgere alla signora quelle occhiate languide nelle quali era maestro.

Finalmente, alla stazione di Pisa i giovinotti scesero tumultuosamente e la bionda signora ed Eduardo Coco rimasero soli nello scompartimento che pareva un campo di battaglia, tanto era ingombro di avanzi e pezzi di carta.

Eduardo era raggiante. Se non salivano altri viaggiatori, aveva campo libero per la più bella avventura.

Per prima cosa tirò le tendine del corridoio; indi tolse di mezzo qualcuno dei giornali illustrati che i giovinotti avevano lasciato sui sedili e sul pavimento; e, fissando la signora con occhio beneducato – era la sua tattica abituale – disse: «Che volgaroni!».

La bionda signora fece un cenno di consenso. Era profondamente disgustata.

«Li ho avuti compagni di viaggio da Genova» disse quasi con ribrezzo.

«Che gente!» ripeté Eduardo.

«Hanno sporcato tutto» fece la bionda signora con repugnanza. «Mangiavano con le mani.»

Additò con repulsione i cestini da viaggio lasciati vuoti sulle reticelle e sui sedili.

Eduardo si mise a sgombrare. Gettò dal finestrino qualche sacchetto vuoto. Qualcuno d'essi era stato riempito con carta di giornale. Ce n'era uno gonfio e pesante in modo anormale. Incuriosito, prima di gettarlo dal finestrino, Eduardo Coco ne guardò il contenuto, arricciando un poco il naso.

I giovinotti avevano raccolto in questo cestino tutto quello che non avevan potuto mangiare degli altri cestini. Forse pensavano di portarlo via e all'ultimo momento se n'erano dimenticati. Anche la signora guardava incuriosita. Vennero fuori con viva sorpresa dei due viaggiatori alcune grosse mele, pezzi di formaggio ancora avvolti nella stagnola, intatti, poi alcuni mezzi polli arrosto, alcune fette di prosciutto, di salame e di mortadella involtate nella carta oleata, di cui si vedeva che non erano state nemmeno toccate.

La bionda signora non più giovanissima rise nervosamente.

«Che roba!» fece, con una espressione divertita e indulgente.

Appoggiò un dito su un mezzo pollo e poi se lo leccò con un piccolo gesto vezzoso.

Rise di nuovo, nervosamente. Indi guardò Eduardo Coco e tutt'e due ebbero un piccolo riso stridulo, che suonò falso; si guardavano come due complici.

A un tratto la bionda signora non più giovanissima si mise sulle ginocchia un giornale a mo' di salvietta, diéd di piglio a un mezzo pollo e lo addentò con decisione.

Eduardo Coco, afferrato un altro mezzo pollo, seguì l'esempio della signora.

Ormai non parlavano più.

Sgranocchiavano con crescente lena tutto quello che si poteva mangiare, scambiandosi occhiate divertite e piene di mutua comprensione e cercando di darsi un contegno il più che fosse possibile disinvolto e dignitoso.

Divorarono tutto.

L'abisso

Tutte le mattine all'ufficio viene un tale a ritirare certi piccoli lavori da fare a casa. È un uomo alla buona, quasi un operaio, grassoccio, con una faccia congestionata per il freddo esterno.

Di solito, mentre in piedi in mezzo alla stanza aspetta che gli si consegni il lavoro da fare, conversa con qualcuno degli impiegati che sono ai vari tavoli. Con Paolo mai, perché questi, di natura timido e poco socievole, non è molto incline a dar confidenza e dovunque si trovi ha l'impressione che lui sia un estraneo e tutti gli altri siano invece di casa, che si incontrino fra loro anche fuori, chi sa dove, e abbiano rapporti tra loro e si diano appuntamenti a sua insaputa, mentre lui è tenuto all'oscuro, al bando, o qualcosa di simile.

Ma oggi, o perché non trova altri interlocutori, o perché s'è fermato per caso ad aspettare davanti al suo tavolo, l'uomo grassoccio attacca discorso con Paolo. È più congestionato e più infagottato e alla buona del solito.

Da principio Paolo – che aborre le conversazioni sul più o il meno, nelle quali non sa che cosa dire – finge di prestare attenzione, ma al solito, nonché interessarsi, non riesce addirittura ad afferrare il significato delle frasi. Pensa ad altro, ma per educazione, per non farlo capire all'interlocutore, fa ogni tanto qualche cenno di assenso con un sorriso comprensivo, adatto appunto per una conversazione sul più e il meno.

A poco a poco, però, s'accorge che, con un tono semplice e dimesso, costui gli sta facendo un discorso tremendo. Gli racconta che ieri sera un suo fratello è stato investito da un camion ed è rimasto orribilmente sfracellato.

Mentre l'altro gli fa questo discorso con angoscia misurata rispettosa e senza smancerie, Paolo pensa che poco fa egli non aveva ancora capito e che forse gli sarà anche avvenuto di sorridere durante il racconto, come suol fare per dare a intendere che segue un discorso, quando invece pensa ad altro. Ora pensa alla situazione comica di lui che credeva che l'altro stesse parlando del più e del meno, mentre l'altro gli faceva invece un racconto così orribile. Gli viene quasi, a questi pensieri, una voglia nervosa di ridere.

Mentre quegli aggiunge particolari raccapriccianti, Paolo guarda il suo viso grasso, congestionato e quasi disfatto e gli fa un'infinita pietà. Ma si sente sotto il tiro del suo sguardo lagrimoso, pensa che non ci sarebbe scampo se gli venisse da ridere e più che mai gli viene una terribile voglia di ridere.

Lo fa ridere soprattutto il tono rispettoso dell'altro. Si direbbe che il poveretto chieda scusa d'aver avuto una così grave sciagura. E che cerchi di contrabbando di farne partecipe qualcuno. Come se a lui non fosse lecito avere un dramma e come se averlo fosse una mancanza di riguardo per il prossimo e precisamente per chi è da più di lui.

Paolo vorrebbe alzarsi, gridare ai colleghi: «Ma venite a sentire che cosa atroce mi sta raccontando quest'uomo con un tono così semplice e dimesso, come fosse la cosa più naturale del mondo».

Ma se si muove, se parla, ha paura di scoppiare a ridere.

La paura di ridere gli dà una leggera vertigine. Già ai particolari più atroci, che renderebbero addirittura catastrofica una sua risata, le sue labbra s'increspano nervosamente. Per non scoppiare a ridere deve secondare questa increspatura, deve mascherare l'abbozzo di risata con un sorriso fuori luogo, e sorride proprio mentre il pover'uomo lo guarda. Gli sembra di scorgere nell'occhio lagrimoso dell'altro uno smarrimento, una muta domanda, che magari non ci sono, e il suo sorriso sul principio della risata è divertito, birichino. Come se uno spiritello maligno gli facesse il solletico. E intanto fissa i suoi occhi negli occhi dell'altro, come affascinato, e non può distoglierli.

A un tratto deve voltargli le spalle per non scoppiargli a ridere in faccia e anche perché ormai lo ascolta sorridendo proprio apertamente.

S'alza dal tavolo e senza curarsi del tremendo racconto che lascia a metà, corre fuori della stanza, va a chiudersi nella ritirata e qui si abbandona da solo a una pazza ilarità che lo scuote tutto, gli fa quasi scoppiare i fianchi, lo fa contorcere, quasi piangendo, e non accenna a finire.

Gazzettino natalizio

Pare sempre che ci sia molto tempo, prima d'arrivarci. E invece, a un certo punto, il Natale precipita addosso come una valanga.

Dio mi scampi e liberi dal dir male del Natale. Per me è la più bella festa dell'anno, la più affettuosa, e mi ricorda quand'ero bambino, laggiù nel tempo, gli zampognari, il Presepio, la Pastorale. Ma voglio dire: che fatica, il Natale, eh?

I preparativi, per taluni, cominciano dal Natale precedente. Appena fatto un Natale, cominciano a pensare al Natale successivo. I droghieri espongono cartelli: «Natale è vicino!» (alludono a quello che deve venire), «Prenotatevi in tempo». E le vecchiette cominciano a versare cinquanta lire alla settimana per la spesa del gran giorno. Questo nei quartieri popolari, o nei paesetti, dove si prenotano per un cesto che conterrà pochi torroncini, due fiaschi di vino, un panettone, una gallina.

Appressandosi ai quartieri signorili, le prenotazioni crescono d'importanza e si passa ai libri, ai quadri, alle pellicce; fino ad arrivare, nella via più elegante, alla prenotazione di automobili d'incredibile splendore.

Perché Natale significa anche regali. Avvicinandosi il gran giorno, la città entra in stato di agitazione crescente. Già alcune settimane, o un mese, prima, le impiegate chiedono un permesso al direttore, che d'altronde si rende conto di questa necessità, e cominciano ad assentarsi un paio di volte alla settimana, per attendere alle compere natalizie. Perché i preparativi consistono in regali da scambiarsi: tu regali una cravatta a me, io regalo una cravatta a te. Parrebbe più semplice che ognuno si comperasse la cravatta o l'oggetto per sé. Perché, dovendo regalare ad altri press'a poco lo stesso oggetto che uno riceverà in regalo, si brancola nel buio, sia per la scelta dell'oggetto medesimo, allo scopo di non incorrere in doppioni, sia per il problema d'indovinare i gusti quanto a colore, forma, ecc. Ma mancherebbe il lato affettivo, che una volta all'anno vuole la sua parte.

A poco a poco, le donne particolarmente, entrano sempre più in uno stato d'agitazione, che raggiunge un'acme molto simile alla frenesia, per scoprire quale sarà l'oggetto che costringerà la persona che lo riceverà in dono ad esclamare sbalordita: «Ma come avrà fatto, questo diavolo di donna, a indovinare che volevo proprio questo?».

Come ha fatto, è semplice. C'è tutta una tecnica, per arrivare a questo risultato. Anzitutto si ricorre a veri e propri trabocchetti per scoprire di che cosa uno ha bisogno, senza fargli capire che gliela regalerete; perché in questo caso mancherebbe l'elemento sorpresa, indispensabile nella faccenda. Ma non crediate che, anche avvenuta felicemente la scoperta, sia agevole condurre la cosa in porto. C'è tutta una rete d'insidie; si rubano le idee; si sorprendono conversazioni, s'intrecciano telefonate: «Sono di nuovo in alto mare; quello che fa Jolanda è sleale; ha intercettato una mia telefonata e m'ha rubato l'idea della pipa». Occorre lavorare con la massima segretezza. Si studia, s'indaga, si fanno tranelli e saltafossi e false telefonate, non soltanto per scoprire quale cosa sarà gradita, ma anche quale non sarà regalata da altri.

Le signore, per esempio, cominciano alcuni mesi prima con l'invitare a pranzo la persona o le persone a cui desiderano fare il regalo (meglio una alla volta, per non creare confusioni) e, durante il pranzo, buttano giù, per esempio, con apparente noncuranza, la parola "cravatta", spiando trepidanti col cuore in tumulto, le reazioni sul volto dell'ospite. Se questi non batte ciglio, niente da fare, si passa ad altro, per esempio "ombrello", o "fazzoletto per il collo". Se invece l'ospite trasale, ci siamo: quel ch'egli desidera è una cravatta. Un primo passo è fatto.

Ora si tratta d'indovinare di che colore la vuole. Ma senza scoprire le batterie, ché mancherebbe l'elemento sorpresa, indispensabile anche nel tema "colore". Quindi, prudenza consiglia di non insistere per quella sera. Circoscritto il campo da esplorare nella zona cravatte, alla scoperta del colore s'arriverà mediante successivi inviti o analoghe occasioni predisposte ad arte. Durante un'altra cena, senza tornare sul sostantivo "cravatta", che potrebbe destare i sospetti dell'ospite, la padrona di casa butta giù con indifferenza, ma sempre col cuore che le batte forte, la frase "verde a strisce rosa", oppure "a pallini"; e, con la coda dell'occhio, spia le reazioni sul volto dell'invitato. Se l'immagine dei pallini lo lascia freddo, la padrona di casa passa alle losanghe o ai quadrati; se invece nota un sia pure impercettibile lampo negli occhi dell'ospite, ella esulta, senza tuttavia mostrare il minimo trasalimento esteriore: ha scoperto che il regalo gradito sarà una cravatta a pallini.

A scoprire se i pallini debbono essere gialli su fondo verde, o rossi in campo azzurro, provvederanno altri due inviti, a pranzo, uno per i pallini e l'altro per lo sfondo.

Moltiplicate questo lavorio per dieci, per venti, per trenta; complicatelo con la necessaria varietà degli oggetti; tenete presente che anche le persone che voi dovete far felici vogliono far felici voi; e avrete un'idea degli spaventosi grovigli che avvengono durante le conversazioni di novembre e dicembre.

Se questi trucchi non bastano per scoprire che cosa sarà gradito e che cosa verrà regalato da altri alla stessa persona, per non incorrere in doppioni (il che sarebbe la peggiore delle catastrofi), vengono interessate alla indagine anche terze persone. Tutto questo nel più stretto mistero e destinandovi ogni giorno, per alcune settimane, diverse ore, per le quali vengono chiesti, o concessi, o presi, permessi speciali d'assentarsi o di andarsene in anticipo dagli uffici o dalle aziende.

E il pomeriggio della vigilia ci si scatena. È quasi impossibile circolare a causa della folla e delle automobili che ingorgano il traffico. Tutti hanno da comperare qualcosa; fattorini, furgoncini, e immensi furgoni ciechi portano montagne di pacchi in tutti i quartieri della città. Nelle vetrine, regali, regali, regali, che vanno dai libri agli accendisigari, ai quadri d'autore, a interi salotti infiocchettati, a cucine americane, fino ad arrivare al miliardario fanfarone che prenota alcune automobili fuori serie e dice: «Mandatele a questi indirizzi. Avvolte nel cellophane. E mettete in ognuna questo biglietto da visita».

Tornando alle difficoltà di scoprire qual è il regalo da fare, senza che il destinatario lo sospetti, io quest'anno ho avuto un'idea geniale: mi sono affidato a una agenzia d'investigazioni privata. Per due mesi, senza sospettarlo, tutti i miei amici hanno avuto i telefoni sorvegliati, la casa infestata da false cameriere o da sedicenti fattorini e cani poliziotti, e sono stati pedinati ogni volta che uscivano. M'è costato un po', ma ho potuto regolarmi a colpo sicuro circa i regali da fare. E con piena soddisfazione soprattutto mia. Perché io, i regali da fare, dopo averli comperati, invece di darli alle persone a cui li destinavo, soglio talvolta tenerli io. Ciò perché non è giusto comperare tanti begli oggetti per terze persone, e mai niente per noi stessi. Quando li ho in mano, mi è penoso privarmene per darli a un tizio qualunque, invece di tenerli per me. In questo tema, e sul tema regali in genere, vedi anche il mio libro *Trac-Trac-Puf*.

L'omeostato

Erano passate da un pezzo le due di notte e stavo rincasando, allorché, proprio sotto la mia abitazione, mi accadde di vedere un uomo seduto sul marciapiedi in uno stato di evidente depressione morale. Mi avvicinai e con sommo stupore riconobbi in lui Brent, lo scienziato di fama mondiale mio vicino di casa.

Confesso che rimasi di stucco. Tra l'altro, Brent non è uno sciagurato come me e di solito alle due di notte dorme profondamente da almeno quattro ore. Ma provai anche un certo piacere: la morigeratezza del mio vicino m'aveva sempre urtato i nervi, in quanto egli non mi risparmiava le prediche.

«Eh, eh» dissi, curvandomi su di lui, «professore, la colgo sul fatto. Adesso non potrà più farmi le paternali. Vedo che anche lei si dà qualche volta ai bagordi. Del resto» aggiunsi subito, «la approvo e la comprendo. Io non sono severo come lei. Ogni tanto un piccolo stravizio s'impone.»

Mi guardò attonito, talché pensai che, non essendo allenato a fare strappi alle sue abitudini sobrie, la scarsa o nessuna dimestichezza con l'alcool gli avesse giocato un brutto scherzo, riducendolo in uno stato di ebetudine.

«No» disse, alzandosi e rifiutando il mio aiuto, «non ho bevuto. Sono in piena lucidità di mente. Il fatto è ben altro.»

Fissò un attimo le proprie finestre e aggiunse a bassa voce: «Mi capita una cosa delle più sgradevoli».

Mi accorsi soltanto allora che appariva in preda a una strana agitazione e, visto lo sguardo torvo alle sue finestre, avrei supposto un infortunio coniugale, se non avessi saputo che quello scienziato famoso era scapolo e viveva solo.

«Se non sono indiscreto» dissi, «potrei sapere di che cosa di tratta?»

Mi prese sottobraccio.

«Ella sa» mi disse, guardandosi attorno nella strada deserta, come temesse orecchie indiscrete «che cibernetica, o scienza di governarsi da sé, dal greco kubernao, governare, è parola coniata da Ampère nel 1834, quando egli tentò una classificazione delle scienze.»

«So, so» dissi, mentendo. E aggiunsi dentro di me, non senza sorpresa per lo strano esordio: Il professore è alle prese con qualche problema difficile, e adesso m'infliggerà le sue angosce.

«Questa parola» seguitò Brent «è stata adottata particolarmente per indicare la scienza di costruire automi capaci di muoversi e perfino, in un certo senso, di "pensare", se è lecito il termine, con un'apparente autonomia. Scienza che, nella nostra epoca elettronica, ha raggiunto risultati strabilianti, permettendo di costruire macchine che vanno dagli automi semoventi alle calcolatrici prodigiose.»

«So, so» dissi. E questa volta non mentivo. Sono cose che ormai sanno tutti.

«Un fisico» proseguì lo scienziato «ha costruito, per esempio, una macchinetta elettronica a forma di tartaruga, detta "la piccola Elsie", che è capace di camminare, tornare indietro da sola, quando le pare, in linea retta o obliqua, a piacer suo. Essa corre e vede: ha, cioè, un piccolo faro sulla fronte, che le fa da occhio e da cervello, in quanto è una cellula fotoelettrica. Messa in un labirinto, la piccola Elsie trova da sola la via d'uscita. Quando ha appetito, mangia; il suo nutrimento è l'energia elettrica; quando sta per scaricarsi, va automaticamente e spontaneamente verso un accumulatore, stabilisce da sé il contatto con esso e si ricarica. La piccola Elsie "ricorda" dov'è l'accumulatore, sa sbagliare e correggersi. E bisogna vederla, quando cammina da sola sul pavimento, col piccolo faro sulla fronte, destreggiandosi fra gli ostacoli, tentando una strada, tornando indietro, quasi scodinzolando.»

«Professore» dissi, notando il suo turbamento, «non vorrà dirmi che si è innamorato della piccola Elsie.»

«Ohibò, le questioni di cuore non c'entrano, i fatti sentimentali sono esclusi. Ma torniamo al nostro discorso. Ci sono, poi, gli omeostati di Ross Ashbj e le macchine calcolatrici elettroniche, che possono considerarsi, almeno apparentemente, vere e proprie macchine pensanti. Hanno un pensiero non autocosciente, che, se anche nega ad essi appunto la coscienza, consente loro la memoria, per così dire, l'errore involontario, la correzione di esso, la padronanza di sé, il successo, il controllo dei propri atti e perfino l'esperienza.»

Io stavo a sentire dove volesse arrivare il mio interlocutore.

«Orbene» continuò costui, «io sono riuscito a costruire un calcolatore elettronico molto bravo.»

«Complimenti!»

«Come la piccola Elsie, si muove a piacer suo, secondo la propria volontà. In più, sa fare operazioni matematiche e algebriche difficilissime. Ricorda, vede, scrive, canta, legge, traduce da tutte le lingue. Parla.»

«Parla, anche?» domandai stupefatto.

«Parla. Sa fare trenta o quarantamila operazioni algebriche difficilissime, in una frazione di minuto secondo, mentre nello stesso tempo io non riuscirei nemmeno a scrivere un numero, e per fare una sola delle decine di migliaia d'operazioni ch'egli fa in mezzo minuto secondo, a me occorrerebbero decine di anni.»

«È stupefacente.»

«Insomma» concluse lo scienziato, mentre lo sdegno gl'imporporava le guance, «è talmente più bravo di me, che, appena l'ho finito di costruire, la prima cosa che l'omeostato ha fatto, nel vedermi tribolare a certi conti di spese, è stata di dirmi: "Fesso!".»

Sussultai.

«Possibile?» feci, incredulo e anche un po' indignato per l'amico mio.

«È così.»

«Un caso di mancanza di rispetto molto antipatico, sia pure da parte d'un automa.»

«Automa fino a un certo punto. Se le dico che fa dei calcoli difficilissimi, che io non saprei minimamente fare!»

«Capisco. Ma darle del fesso, è un po' forte.»

Lo scienziato mi fissò con uno sguardo dolente.

«E la cosa che più mi scotta» disse «è che, in confronto con lui, questa è la verità.»

«Che cosa?»

«Che sono un fesso. Non so fare la millesima parte di quello che sa fare lui, e poi con quella velocità fulminea.»

«Lei non doveva farglielo capire, di non esser capace.»

«E chi poteva immaginare? E, poi, non farglielo capire! È una parola. Ha una cellula fotoelettrica sulla fronte. Vede tutto. Anche attraverso i muri. Si muove. Agisce. In tutto, insomma, più forte, più veloce di me.»

In quel momento sentimmo aprirsi una finestra dell'appartamento di Brent.

«È lui!» gemé lo scienziato, quasi ritirando la testa nelle spalle e senza osare di alzar gli occhi. «Eccolo là! Finga di non accorgersi.»

Non potei trattenermi e guardai in su. Un leggero brivido mi percorse la schiena: il mostro metallico s'era affacciato e dall'alto ci fissava con la cellula fotoelettrica in mezzo alla fronte: una specie di quella lampadina che certi medici hanno sulla fronte per guardar la gola o l'occhio del paziente, un piccolo faro, da cui si partiva una sottile, diritta lama di luce, che c'investiva, quasi affascinandoci. Mi sentivo, sotto quello strano sguardo, come paralizzato, incapace di muovere un passo, di fare il minimo gesto, di pronunziare una sillaba.

L'omeostato ci stette un po' a guardare. Indi portò la mano d'acciaio alle labbra metalliche e con queste emise al nostro indirizzo un suono secco e lacerante, d'una purezza e acutezza adamantina, prolungato, sonoro, che suscitò echi lontani nella strada deserta.

«Un pernacchio!» bisbigliò Brent allibito.

La squadriglia della morte

«Mi viene in mente» disse il capitano Zadaras, dominando con la voce il clamore confuso della fumosa bettola «quella volta che organizzai e comandai in tempo di guerra la squadriglia della morte.»

«La squadriglia della morte?» esclamai, sentendo crescere in me l'ammirazione per quel tipo di rude soldato che io avevo visto soltanto in quel locale, alle prese con bottiglie (pagate da me) ma che, stando ai suoi racconti, aveva compiuto nella propria vita imprese strabilianti.

«La squadriglia della morte» ripeté lui.

Si riempì il bicchiere, mentre io seguivo con inquietudine il progressivo abbassarsi del livello nella bottiglia e spiegò, dopo aver tracannato d'un fiato: «Una squadriglia d'uomini decisi a tutto pur di raggiungere l'obbiettivo; d'uomini, insomma, votati alla morte. È evidente che di tali uomini non se ne trovano molti. Molti sono pronti ad affrontare il pericolo di morire, ma pochi la certezza. Cosicché la mia squadriglia era composta d'un limitato numero d'eroi ed io ne fui il capo».

Non potei reprimere un gesto d'ammirazione.

«Quale il capo, tali i gregari» mormorai.

Zadaras ebbe un piccolo gesto di modestia, riempì di nuovo il bicchiere, tracannò.

«Ora» aggiunse, «si presentava un problema: se fossero morti i componenti la squadriglia della morte, come si sarebbe fatto? Ragion per cui: "State attenti" raccomandavo ai miei uomini, "evitate di esporvi ai pericoli, altrimenti qui si resta senza squadriglia della morte". La cosa era evidente: una volta sacrificati tutti i componenti della squadriglia, dove trovare altri uomini decisi a tutto?»

Il ragionamento non faceva una grinza.

«Penai un poco» proseguì il turbolento capitano alzando la voce per dominare il tumulto delle risse che scoppiavano qua e là nel locale «a far penetrare questo concetto nelle menti dell'alto comando, ma alla fine ci riuscii. Quei generali, aderendo alle mie vedute, non tardarono a convincersi che, una volta perduti tutti i componenti la squadriglia della morte, sarebbe stato assai difficile trovarne altri, poiché tipi decisi a tutto non s'incontrano a ogni passo. E che pertanto conveniva risparmiare i miei uomini. Penetrato questo concetto nelle menti dei generalissimi, i miei uomini furono, come suol dirsi, tenuti nella bambagia; tutte le cure furono per essi, tutte le precauzioni, per salvaguardare le loro preziose esistenze. Quando si trattava di compiere un'impresa disperata per la quale fosse necessario un gruppo di valorosi votati al sacrificio supremo, l'alto comando m'interpellava: "Mandiamo la squadriglia della morte?". "Siete pazzi?" dicevo. "Così restiamo senza." "È vero" dicevano i generali. "Restare senza squadriglia della morte sarebbe una grave perdita per l'esercito."»

«Lo credo bene.»

«Così, dopo ponderati conciliaboli, quei generali concludevano: "Mandiamoci altri".»

«Era più che giusto» osservai.

«Certe volte» proseguì Zadaras, «il comando ci telefonava la mattina, mentre eravamo ancora a letto: "C'è da compiere un'impresa in cui si lascia la pelle. Andate!". E noi: "Bravi. E quando ci avremo lasciato la pelle, ci sapete dire chi compierà le imprese in cui si lascia la pelle?". "Già, è vero" ci dicevano i generali, "allora non movetevi. Riguardatevi." In conclusione, fummo tenuti lontano da ogni pericolo, al riparo dai raffreddori, in riposo, al coperto. Precauzione necessaria, vista la difficoltà, ripeto, di sostituirci. E soltanto finita la guerra, alla squadriglia della morte fu permesso di uscire dai ricoveri ed esporsi alle intemperie.»

Il capitano Zadaras vuotò ancora una volta il proprio bicchiere e concluse, con lo sguardo inseguendo lontani fantasmi: «Ah, sì, sì. Il più calmo, piacevole e riposato periodo della mia vita lo trascorsi in qualità di comandante della squadriglia della morte. E lo ricordo con profonda nostalgia».

Centenari,
o: il racconto del capitano Horn

C'è in giro una spaventosa morìa fra i centenari, disse il capitano Horn. Ogni tanto leggo nei giornali che è morto nel paese tale o tal altro un vecchio, o una vecchia, che aveva raggiunto o superato i cento anni d'età. Chi sa da che dipende. Forse ci sarà un'epidemia fra i centenari. Oppure, costoro fanno una vita di stravizi. Certo, se io avessi cent'anni, non mi sentirei molto tranquillo.

Però, leggo spesso anche notizie relative a vecchi o vecchie che hanno superato i cent'anni d'età senza ancora essere morti.

Stando alle notizie che di essi pubblicano i giornali, questi longevi si somigliano tutti l'un l'altro in un modo impressionante. Particolarmente: a) sono tutti arzilli (non ho mai letto d'un centenario che non fosse arzillo); b) conservano piena lucidità di mente; c) hanno un alto numero di figli, nipoti e pronipoti; d) nella quasi totalità dei casi, il giorno del loro centesimo compleanno vogliono eseguire una danza, generalmente il trescone o la furlana, col più giovine dei loro discendenti.

Io poi non capisco, e debbo dire che non la trovo nemmeno seria, tutta questa passione per la danza in vecchi ultracentenari.

Ma quello in cui assolutamente questi vegliardi van tutti d'accordo, sì da far nascere il sospetto che si tratti d'affiliati a una setta, è nei segreti che han permesso loro di varcare il secolo. Ho più volte meditato su questi segreti e sono venuto alla conclusione che io debbo essere un fenomeno vivente.

Io non pratico un tenore di vita che si discosti *in qualcosa* da quello degli ultracentenari. No. Io pratico esattamente il contrario di *tutte* le norme indicate da essi come necessarie per raggiungere la tarda età che tanto li distingue. Dicono: «Praticare sempre la virtù della moderazione». Io non la pratico mai.

«Coricarsi presto e levarsi all'alba.» Io mi corico all'alba e m'alzo verso sera. Ne ho vergogna, ma ho la lealtà di confessarlo, e questo attenua molto la mia colpa. L'altra mattina alle sei mio zio, che è mattiniero (e malgrado questo non ha ancora raggiunto i cento anni d'età), venne a bussare alla mia porta, gridando allegramente: «Sveglia!». «Che sveglia» dico, «se ancora debbo andare a letto!» Rimase spoetizzato. La mia vergognosa abitudine di coricarmi tardi mi procura spesso prediche, da mio zio. E queste prediche sono l'unica cosa che riesca a farmi addormentare un po' prima. Di ciò lo zio è orgogliosissimo. Ne parla agli amici con fierezza, dicendo che ha una tale forza di persuasione che, quando mi fa un predicozzo per indurmi a dormire, alla terza o quarta frase io già dormo. Ma torniamo alle norme dei centenari.

«Avere la testa fredda e i piedi caldi.» Quanto ai piedi, non ho mai osservato, ma la mia testa è piuttosto calda.

«Non fumare.» Fumo.

«Fare molto moto.» Ne faccio pochissimo. Questa è la mia bestia nera.

«Star molto all'aria aperta.» Io sto all'aria aperta soltanto per trasferirmi da un luogo chiuso a un altro luogo chiuso.

Ora, se viene considerato un fenomeno chi raggiunge i cento anni d'età osservando le necessarie norme, io sono un fenomeno molto più strano e raro e degno di studio, visto che, praticando le norme opposte, ho già raggiunto una certa età. Per quale ragione mai nessuno viene a domandarmi come ho fatto? A occhio e croce, stando alle regole dei centenari, io ho vissuto sempre in un modo che doveva permettermi d'arrivare al massimo a dieci anni d'età. Avendoli superati di più che il doppio, dovrei essere oggetto di studio e meta di pellegrinaggi. Non mi vanto certo d'essere arzillo come quei vegliardi, né di saper ballare il trescone o la furlana, ma un po' arzillo lo sono anch'io. Dunque, perché non vengono a intervistarmi? perché non pubblicano la mia fotografia nei giornali, fra l'uomo più alto del mondo, la ragazza che pesa duecento chili, la patata somigliante a Dante Alighieri e il vitello nato con due teste?

Conobbi un centenario che negli ultimi anni di vita offrì lo spettacolo penoso d'un vecchio avido di notorietà. Notorietà basata, beninteso, sull'età. Per tutta la vita era stato persona seria e modesta. Non gli era mai passato per il capo di vantarsi dell'età a quaranta, a cinquanta, a sessant'anni; anzi, per molto tempo tenne nascosta l'età e giunse persino a calarsi qualche anno. Viceversa, a novant'anni cominciò improvvisamente a vantarsi della propria età e ad aggiungere qualche anno a quelli che aveva. Passarono così dieci anni in una relativa tranquillità. Fu a cent'anni ch'egli rivelò all'improvviso una fregola di notorietà veramente stomachevole in un uomo decrepito. Era diventato d'un incredibile esibizionismo. Mandava ai giornali la propria fotografia con la scritta: «Balla il trescone nel suo centesimo compleanno». Notate: nel suo e non nel centesimo compleanno di altri, come talvolta ho fatto io, senza che nessuno se ne sia commosso. Quella della danza era una sua fissazione. In ogni ricorrenza famigliare voleva ballare coi nipoti – i quali s'annoiavano moltissimo d'una cosa simile, essendo contrari alla danza – e giunse a iscriversi a una scuola di ballo per poter eseguire nei vari suoi compleanni, oltre che il trescone, anche i balli moderni, quali la rumba e la carioca, il cià cià cià e il twist. Del resto anche il trescone dovette studiarlo alla sua tarda età, perché non aveva mai ballato prima dei cento anni. Né si limitò a mandare ai giornali la propria fotografia mentre danzava. Arrivò a fare degl'ignobili trucchi e montaggi fotografici per figurare mentre sollevava grossi pesi e mentre eseguiva esercizi ginnastici che non s'era mai sognato di fare in realtà.

Naturalmente i giornali si guardavano dal pubblicare simili orrori. Spesso, alludendo ai giornalisti che non andavano a intervistarlo, il centenario borbottava: «Quelle carogne non si vedono ancora».

Dava in escandescenze, leggendo nei giornali notizie relative alla situazione internazionale.

«Ecco di che si occupano!» gridava agitando il foglio. «Ma che importa a me quel che farà l'America? Che mi interessano gli atti del tal governo straniero o i propositi del tal ministro? Qua ci sono io che ho cent'anni e la stampa non se ne occupa!»

Scriveva lunghe lettere ai giornali domandando se gradivano avere particolari sul suo regime di vita. Gli si rispondeva: «Il caso non ci interessa».

Peggio che parlare al vento. Davvero non c'è peggior sordo di chi non vuol sentire. Insisteva. Offriva alle riviste e ai settimanali illustrati la propria fotografia nell'atto di ballare una danza moderna. L'offerta era cortesemente respinta. Domandava ai quotidiani se desideravano notizie precise circa la data e il luogo della sua nascita. Gli veniva risposto: «No». Allora si imbestialiva. Esplodeva in frasi sconce all'indirizzo dei giornali. Si abbandonava al turpiloquio. Certe volte guardava con disprezzo nei settimanali illustrati le fotografie d'altri centenari. Le sfregiava con segnacci di lapis, con scritte ingiuriose. Sosteneva che il tale o tal altro centenario «gli faceva la guerra» e che perciò i giornali – venduti, secondo lui, a un certo longevo di chi sa quale villaggio sperduto tra i monti – facevan la congiura del silenzio intorno a lui. E scriveva lettere d'insulti sanguinosi agli altri centenari, appena leggeva i loro nomi nei giornali; in lettere anonime, con beffarde e velenose espressioni metteva in dubbio l'età dei concorrenti e li chiamava palloni gonfiati e peggio.

«Ho capito» disse alla fine, «qui per far parlare di me bisogna che muoia.»

E morì. Si può essere più esibizionisti?

Ciò detto, il capitano Horn tacque e abbandonò il capo sul petto. Ci affollammo intorno a lui.

«Horn!» gridò qualcuno.
«Horn!» ripetemmo scotendolo.
Horn non rispose. Il capo penzolante, l'occhio immoto, il capitano Horn era morto.

Pazzi

Io certe volte sospetto di essere pazzo. E certe volte ne ho l'assoluta certezza e allora vorrei abbandonare ogni finzione di saviezza. Come è riposante non simulare più!

La cosiddetta saggezza non è assenza di pazzia, perché tutti abbiamo la stoffa dei pazzi. È soltanto possibilità di simulare e possesso maggiore di alcuni freni.

Il bello è, poi, che quando mi convinco di essere pazzo e decido di gettar la maschera della saggezza, mi sento in un certo senso rinsavito. Finché simulavo la saggezza, mi sentivo pazzo. Abbandonandomi alla follia, mi sento savio. Andate a spiegare una cosa simile.

La maggior percentuale di sofferenze e di dolori – morali, s'intende – che ci procuriamo deriva dal fatto che, salvo alcune fortunate eccezioni, noi siamo dei pazzi costretti a fingerci savi e a regolarci come tali. Le fortunate eccezioni non si riferiscono a persone che non sono pazze, ma a quelle che, essendolo, non sono costrette alla simulazione.

Il male consiste nel fatto che il mondo riconosce ma non accetta la pazzia e perciò obbliga alla simulazione. Intanto, però, ognuno la riconosce soltanto negli altri. Spesso da quello di cui dice: «È pazzo», il mondo pretende atti da savio.

Ora io non voglio dire che la saviezza sia infelicità e sofferenza. Lo è in quanto simulata. E questa apparente saviezza è la peggior forma di pazzia, la più sinistra, la più dolorosa. Invece la saviezza dovrebbe consistere nel capire quello che si è, ed esserlo veramente. Un pazzo sarà savio se si considererà pazzo e se si regolerà e ragionerà da pazzo. Sarà due volte pazzo se cercherà di regolarsi e di ragionare da savio. Beninteso, un savio sarà savio se si regolerà e ragionerà da savio.

In generale siamo dei pazzi che recitiamo la parte di persone savie, l'uno con l'altro.

Il cosiddetto inconscio che cos'è se non una delle numerose forme di pazzia che sono in noi?

È molto strana la commedia che recitiamo: tutti siamo pazzi in varia misura, che simulano la saviezza. Chi molla, o s'abbandona, viene estromesso materialmente o moralmente dalla società; non tutti e non sempre siamo consci della simulazione. Prendiamo due individui. Premesso che entrambi sono pazzi e simulano la saviezza, si possono dare i seguenti casi, quanto alla pazzia: ognuno dei due

1) ignora di sé e dell'altro;
2) ignora di sé, ma sa dell'altro;
3) sa di sé, ma ignora dell'altro;
4) sa di sé e dell'altro.

Mescolate le otto situazioni in tutte le possibili combinazioni.

Per esempio, A potrebbe trovarsi nella situazione 1 e B nella situazione 2, ecc. In ognuna di queste situazioni, il risultato apparente sarà sempre il medesimo, in virtù della generale simulazione più o meno cosciente o incosciente.

Basta, afflitto, come dicevo, dal dubbio di essere pazzo, volli consigliarmi con un medico circa l'opportunità di sottopormi a un esame psichiatrico.

«Ma sei pazzo?» mi disse quegli. «Perché vuoi farlo? Sarebbe una pazzia andare a mettersi in bocca al lupo.»

«Naturalmente» dissi, «se sono pazzo, niente di strano che commetta delle pazzie.»

«Che vuol dire?» esclamò l'altro, ridendo bonariamente. «Anch'io sono pazzo. Ma non lo dico a nessuno. Fossi matto.»

«Perché?»

«Ma andiamo, dovrei esser pazzo per rivelare d'esser pazzo. Simulo. Fa' altrettanto tu e non ti crear problemi.»

Mentre me ne andavo, mi richiamò.

«Per carità» fece, «non lo dire a nessuno.»

«Che cosa?»

«Che sono pazzo.»

«Credo che già si sappia.»

Andai da un amico.

«Vorrei simulare la saggezza» gli dissi.

«Ti consiglio di non imitare me, allora» mi disse.

Malgrado il parere del medico, mi presentai al manicomio e chiesi d'esser messo in osservazione.

«Che sintomi avete?» mi domandò il direttore.

«Ecco, io mi considero pazzo.»

«Non basta. Bisogna assodare se lo siete davvero.»

«Perché? Nel caso che io fossi pazzo, lei mi considererebbe pazzo?»

«Evidentemente.»

«E sbaglierebbe. Se io fossi realmente pazzo, non sarei pazzo a considerarmi pazzo. Mentre, se non lo fossi, è chiaro che lo sarei per il fatto di ritenermi tale.»

«Ma in che consisterebbe allora la vostra pazzia?»

«Nel credermi pazzo senza esserlo.»

«Ma allora non sareste pazzo, se non lo siete.»

«Lo sarei in quanto, senza esserlo, mi ritengo tale. Se mi ritenessi pazzo essendolo realmente, questo mio credermi pazzo non sarebbe pazzia; mentre lo è se non lo sono.»

Il direttore del manicomio si passò una mano sulla fronte.

«Voi mi fate diventare pazzo» mormorò.

Si volse all'assistente: «Cosicché, dovremmo metterlo al manicomio se non è pazzo?».

«Precisamente» fece l'assistente. «Perché, non essendolo, ritiene di esserlo. Questa è la sua forma di pazzia.»

«Ma con questo ragionamento» obbiettò il direttore «se fosse pazzo non lo metteremmo al manicomio.»

«Beninteso. È pazzo se non è pazzo.»

«Ma siete pazzo voi.»

«Sarei pazzo se non ritenessi pazzo uno che non essendo pazzo si considera pazzo e che non sarebbe pazzo a considerarsi pazzo, se fosse realmente pazzo.»

A tagliar corto il direttore mi sottopose a una minuziosa visita, sperimentò le mie reazioni, mi interrogò e alla fine mi batté affettuosamente la mano sulla spalla e disse congedandomi: «Andate, andate tranquillo; questo vostro ritenervi pazzo non è sintomo di pazzia, inquantoché siete realmente pazzo».

Me ne andai tranquillizzato, sereno, ormai, essendomi tolto un gran peso dallo stomaco: dunque non sono pazzo, visto che sono pazzo.

Un tale andò da uno psichiatra.

«Dottore» gli disse, «mi salvi: io sono pazzo.»

«Eh» fece lo psichiatra, «si fa presto a dirlo, ma bisogna vedere. Che sintomi avete?»

«Stamattina, per esempio, mia moglie mi dice: "Oggi vorrei mangiare sassi". "Sassi?" dico stupefatto. "Sì, sassi. Non sai che cosa sono i sassi?" "Ma i sassi non si mangiano." "Sono ottimi fritti con olio sale e pepe." "Sei pazza!" dico.»

«Ma certo» fa lo psichiatra. «Ma pare che pazzo non siate voi, ma sia vostra moglie.»

«Aspetti» esclama quel tale, «non le ho detto tutto: io non ho moglie!»

Moglie e marito

I - *Invito a cena*

Nella camera matrimoniale, Teresa è seduta davanti allo specchio e sta ritoccandosi la faccia per uscire. Siamo invitati a cena in casa di amici. Io sono già pronto, col cappello in testa e il soprabito addosso, e con le dita sulla maniglia della porta, come se da un momento all'altro dovessi uscire precipitosamente; atteggiamento tanto più strano e incomprensibile, per chi sapesse che debbo uscire con mia moglie, e che Teresa è ancora in combinazione. Ma il fatto è che, col mio atteggiamento, cerco di farle capire timidamente che sarebbe ora di spicciarsi: l'invito a cena è per le otto, e sono già le otto e cinque.

Una delle cose di Teresa che mi urtano i nervi è questa interminabile seduta ch'ella suol fare invariabilmente davanti allo specchio, per truccarsi prima d'uscire. Quando dobbiamo andare a teatro, o a fare una visita, o semplicemente a passeggio; o per commissioni, mi fa perdere ore per queste pratiche. Sono pronto da un quarto d'ora e lei, davanti allo specchio, continua a ritoccarsi le labbra, le ciglia, le guance.

Ora si sta strappando i peli del sopracciglio destro. Poi si strapperà quelli del sopracciglio sinistro. Così s'esce in ritardo, bisognerà pigliare il tassì, si fanno brutte figure.

Non posso gridarle di far presto, se no dice che la confondo con le mie sollecitazioni e che le faccio far tardi, perché diventa nervosa. Ma, se io non stessi qui, ci metterebbe anche più tempo e poi direbbe che ha fatto tardi perché credeva che io non fossi ancora pronto.

Se, per sollecitarla, le dico l'ora, mi dice che così la confondo, che le faccio perdere la testa e che perciò fa più tardi. Ma, se non le dico l'ora, poi mi dirà che ha fatto tardi perché io non le avevo detto che ora era e che lei immaginava che fosse prestissimo e io avrei avuto il dovere d'avvertirla, e che non servo nemmeno per queste piccole cose, e che ci sto a fare al mondo?, eccetera eccetera.

Sempre, in questi casi, cerca di far credere ai terzi che la colpa del ritardo è mia. Ha delle trovate geniali.

«Diremo che avevi un impegno» dice; «o che hai fatto tardi col lavoro; o che ti sei sentito male.»

Di solito, questa dell'essermi sentito male è la scusa che le sembra migliore. Così io arrivo dove siamo invitati con una faccia stravolta per la rabbia, il che rende del tutto verosimile il pretesto del mio malore, e lei invece arriva con una faccia fresca e rosea (artefatta, s'intende). Non le viene mai in mente di dire: «Abbiamo fatto tardi perché sono stata tre quarti d'ora davanti allo specchio per ottenere questo mascherone e far diventare la faccia di mio marito gialla come un limone».

No. Io debbo far la figura dell'empiastro che si sente sempre male, del guastafeste, del ritardatario, e lei fresca come una rosa (artificialmente, beninteso). Purtroppo, io non posso nemmeno mettermi il rossetto per nascondere il color zafferano che la rabbia fa apparire sul mio viso. Presso tutte le persone che c'invitano a casa loro, io passo proprio per un cataplasma pieno d'acciacchi, e che sta più di là che di qua. E il bello è che, quando siamo invitati a pranzo e lei giustifica i tre quarti d'ora di ritardo dicendo che mi sono sentito male, gl'invitanti credono di far bene e d'usarmi un riguardo a tenermi a dieta.

«Per lui, allora, un brodino» dicono; «o una limonata calda.»

Se c'è il risotto coi funghi e i fegatini, che a me piace moltissimo: «Per lui ne abbiamo fatto un po' in bianco, che non può fargli male».

E: «Sarà meglio che non assaggi vino... Niente gelato».

In questi casi mia moglie, di lontano, mi fa gli occhiacci, per tema che io protesti scoprendo così involontariamente gli altarini.

Eccola là. Adesso è passata a strapparsi i peli del sopracciglio sinistro. Fortuna che ha due occhi soltanto. E con che lentezza lavora! Pare che goda a far tardi.

Bene; vuoi arrivare in ritardo? vuoi che facciamo una brutta figura? vuoi scaricare la colpa su di me? Serviti. Ma almeno lascia che, per tutto questo, io soltanto sia urtato di nervi, e tu sta' calma. No. Lei è urtata di nervi più di me. Anzi, pretende d'essere urtata soltanto lei, per il ritardo che ella stessa ha provocato. Ed è urtata di nervi contro di me, come se la colpa fosse mia, e io così dovrò subire anche il suo nervosismo, oltre che il mio.

Se Dio vuole, ha finito con le sopracciglia. Adesso s'alza ed esamina il vestito che, per suo ordine, la cameriera ha stirato e steso sul letto, pronto per essere indossato. Resta un momento pensosa, poi va all'armadio, tira fuori un altro abito ed esamina anche questo, in silenzio.

Rabbrividisco. Ora pretenderà che io le dica quale di essi mi sembra vada meglio per l'occasione. Se, per tagliar corto e togliermi dagl'impicci, e anche perché così mi sembra realmente, le dico che vanno bene tutt'e due, scoterà il capo senza speranza.

«E già» dirà amaramente, «tu te ne infischi. Che soddisfazione, ad avere un marito come te! Ci sono certi mariti che, invece...»

Eccetera, eccetera. Oppure mi dirà: «E già, per te vanno tutti bene, sempre bene; per paura di doverne pagare uno nuovo».

Se, poi, senza saperlo, le dico che va meglio il vestito che invece a lei pare meno adatto, mi dirà sgarbatamente che io non capisco niente e che c'è più profitto a parlare con un asino che con me, e che ci sono mariti preziosi per dar consigli, ma io non servo proprio a niente.

Se finalmente, per un caso disgraziato, le dico che va meglio proprio il vestito che anche a lei pare più adatto, farà una faccia infinitamente patetica.

«Naturalmente» replicherà con amarezza, «è l'unico possibile. Debbo mettere sempre questo. È la disgrazia di chi non ha uno straccio da mettersi addosso. Ci sono mariti che sentono l'orgoglio d'avere una moglie elegante, ben vestita. Ma tu, quando si tratta di me... Non ho nemmeno una pelliccia.»

Se obbietto timidamente che di pellicce ne ha due, il che è la verità, mi guarderà con commiserazione e disprezzo per qualche istante, fino a farmi temere qualche reazione violenta; sì che io non oserò fiatare, temendo d'averla detta grossa.

«Secondo te» mi dirà poi, «sono pellicce, quelle. Tu le chiami pellicce.»

Io taccio. Perché realmente non saprei come chiamarle, se non pellicce. Ma, se glielo dicessi, provocherei una scenata da parte sua.

Certe volte, in quest'ultima fase, pretende risposta.

«Dimmelo» dice, «sono pellicce?»

Disgraziatamente io non posso nemmeno, pro bono pacis, dirle: «No, non sono pellicce».

Perché non saprei proprio che cosa dire, se insistesse per sapere da me che cosa sono. E, di fronte al suo atteggiamento minaccioso, evito addirittura di rispondere. Al che lei, con aria di scherno: «Ha perso la lingua!».

Basta. All'ultimo, quando sembra che sia definitivamente pronta e si stia per uscire, si toglie con rabbia il vestito, per mettersene un altro. E se la prende con me, perché non le avevo detto subito che il vestito che s'era messo non andava; e anche perché, beninteso, non le compero i vestiti indispensabili, anzi non le compero addirittura vestiti, limitandomi all'acquisto di stracci (sic).

II - *Viaggio di piacere*

Siamo in viaggio di piacere, io e Teresa. Abbiamo deciso di fermarci un pomeriggio a x, dove pernotteremo anche. Così visiteremo la città e domattina presto ripartiremo. Ci sono ancora due ore buone di luce e le cose principali riusciremo a vederle avanti che sia notte, se faremo presto. L'ignoto, il nuovo, mi attirano straordinariamente, direi che addirittura mi affascinano, se fosse lecito, a un pover'uomo come me, servirsi di termini tanto impegnativi. Mi pare che ci aspettino angoli caratteristici, con qualche strano bassorilievo corroso e umidiccio, piazze e fontane sconosciute, attraverso l'intrico dei fili elettrici e le antenne dei tram, facciate di chiese misteriose e interessanti nel movimento cittadino, caffè scintillanti, pieni di gente.

A questo pensiero, provo un tuffo al cuore, quasi una leggera vertigine, un palpito, non vedo l'ora d'essere in giro, di scoprire cose imprevedute. Mi sento felice, come uno scolaretto in vacanza.

Mentre nella camera dell'albergo, col soprabito sul braccio e il cappello in testa, aspetto che Teresa sia pronta, per uscire e cominciare il giro della città, per andarcene a zonzo come infinitamente mi piace, ammazzo il tempo, non potendo ammazzare altri, con alcune riflessioni sulla compagna della mia vita.

Naturalmente, quando arriviamo in una città nuova dove pernotteremo, per prima cosa andiamo in un albergo a lasciare il bagaglio e a darci una rinfrescatina, prima di abbandonarci alle gioie del turismo. Io personalmente farei anche a meno della rinfrescatina. Ma le donne ne hanno bisogno. Niente da dire. Saliamo. Ma io, in questi casi, sono pronto in un lampo. Come ho detto, sono ansiosissimo di andare in giro, veder la città, cose nuove e genti nuove. Friggo, in un certo senso. Magari, come oggi, abbiamo soltanto mezza giornata di tempo, per visitare il luogo. Bisogna far tesoro dei minuti.

Teresa, invece, mi esaspera. Sta ore in camera. Ecco, per prima cosa deve tirar fuori un certo vestito dalla valigia, se no si rovina (e non pensa che così rovina i miei nervi, il nostro viaggio, il mio umore e il mio fegato). Poi deve far stirare qualcosa. Chiama la cameriera, confabula a lungo con lei, si consiglia, fa venire la guardarobiera, vuol parlare personalmente con la stiratrice, si raccomanda, rompe le scatole a mezzo mondo.

Quando pare che finalmente ci siamo e io stringo la maniglia della porta per uscire, lei si mette davanti allo specchio a farsi il trucco. L'idea che fra poco gireremo per una città che non conosciamo, le dà un'eccitazione straordinaria, ma del tutto limitata al truccarsi.

Si dà il rossetto nervosamente, con una cura e una minuzia particolari. Come se in questa città occorresse farsi una faccia nuova. Come se fuori non s'aspettasse che lei. Una città dove non ci conosce nessuno. E non è a dire che si debba far visita a qualcuno, o parlare con qualcuno che dovrà sapere chi siamo, o insomma esser visti particolarmente da qualcuno. No. Gireremo tra la folla. Ignoti fra ignoti. Ma si direbbe che lei sia convinta che per le strade la moltitudine sia in attesa di veder apparire lei, soltanto lei, personalmente. Io fremo.

«Andiamo» le dico, «non faremo più in tempo a vedere niente.»

Non sente ragioni. Deve ritoccarsi le labbra. E, dopo le labbra, le ciglia. E, dopo le ciglia, questo e quest'altro.

Guardo, attraverso la finestra, la luce del giorno che comincia ad attenuarsi e provo un contenuto furore al pensiero del tempo che perdiamo. Ma guai a parlare. Sarebbe peggio. E in ogni caso finiremmo per litigare e girare poi per la città sul piede di guerra.

Eccola là. Si sta guardando un quasi invisibile bruffolino su una guancia, allo specchio.

Va a finire che, viaggiando, invece di città e luoghi, monumenti e piazze, io vedo soltanto lei davanti allo specchio, sempre. Se mi si domandasse:

«Che cosa hai visto a Parigi?», dovrei rispondere: «Ho visto Teresa che si truccava davanti allo specchio». «E a Londra?» «Ho visto la faccia di Teresa riflessa in un bellissimo specchio con la cornice dorata, mentre lei si dava il rossetto.» «E a Vienna?» «Oh, a Vienna è un'altra cosa. A Vienna, figurati, ho visto Teresa che si verniciava le unghie davanti a una specchiera meravigliosa.»

All'ultimo, quando pare che abbia proprio finito e che si stia per uscire, suona di nuovo alla cameriera e si fa portare ago e filo.

Guardo l'orologio. Si fa tardi. Fuori comincia a farsi buio. Per disperazione, la precedo ad aspettarla giù nell'ingenua speranza che questo la induca a far presto.

Finalmente. Scende. Usciamo? No. Non ancora. Ha dimenticato di chiudere le valigie.

«Aspetta un momento» dice.

E torna su.

Oppure, mi dà la chiave.

«Va' tu» mi dice. «Ma non metterci al solito un'eternità.»

III - *Passeggiata*

Eccoci a fare la passeggiata. Anche questa è piena d'amarezze, per me. Lei non vuol vedere i monumenti, o il panorama, o certe strade caratteristiche. Se, dove c'è il mare, facciamo la passeggiata a mare, invece di guardare il mare, lei guarda dalla parte opposta. Sic. Perché dalla parte opposta c'è la fila delle vetrine. Un quarto d'ora davanti alle borsette di coccodrillo, un quarto d'ora davanti ai vestiti da sera.

Ora, io non dico che, specie quando sono in viaggio, in città lontane e straniere, a me non piaccia perder tempo anche davanti a qualche vetrina, curiosare per le strade, anche in rapporto ad aspetti della vita spicciola, d'ogni giorno. Anzi, mi piace molto. E confesso che mi piacerebbe anche farlo con lei, divertirci a veder cose nuove. Ma lei mi fa scontare amaramente anche quest'innocente gusto e, quando vado a passeggio con lei, finiamo sempre col battibeccare. Appena vede una vetrina, ci trova qualcosa di cui avrebbe bisogno. O, se non ci vede proprio la cosa che le occorrerebbe, ce ne vede un'altra che le fa venire in mente quella che le manca. Si mette a recriminare, con un tono amaro, pieno di livore: «Non ho la tal cosa. Non l'avrò mai».

Io taccio. Perché, o dovrei dire: «Entriamo, comperiamo, ogni tuo desiderio è per me un ordine», con le conseguenze fatali, specie in viaggio, che ognuno immagina facilmente. Oppure dovrei rettificare, polemizzare. Cosa che talvolta, dopo due, tre, quattro vetrine, faccio con molto garbo.

«Vedi, cara» le dico gentilmente, «tu non hai questa cosa, ma in compenso hai quest'altra.»

Oppure: «Appena possibile, compreremo anche questa».

O anche: «In viaggio non possiamo fare queste spese, altrimenti restiamo senza quattrini, ci areniamo, dovremmo tornare a casa subito, rinunziando al resto del viaggio, o, peggio, non avremmo più nemmeno i soldi per tornare a casa. D'altronde, cara, tu non hai la tal cosa, ma in compenso stai facendo un interessante viaggio».

Quale che sia la mia replica, essa provoca sempre, da parte di Teresa, le più spiacevoli reazioni.

IV - *Il guardaroba*

A proposito delle cose che, secondo lei, le mancano, un altro suo aspetto che mi fa veder rosso è questo: per qualsiasi occasione, gita, passeggiata, visita, serata, ballo, teatro, tè, cocktail, party, o caffellatte, lei, a sentirla, non ha niente da mettersi addosso, non un vestito, un cappello, un cappotto.

«Andiamo nel tal posto?» le dico.

E lei, sgarbatamente: «Come vuoi che vada? Non ho niente da mettermi».

In realtà, non sarebbe proprio opportuno ch'ella si presentasse in pubblico in costume adamitico e non sarei davvero io, non dico a promuovere, ma nemmeno a permettere una cosa simile. Perciò, faccio qualche timida obbiezione.

«Ma come?» dico «il vestito che ti sei fatta la settimana scorsa?»

Mi guarda con occhi di basilisco.

«Secondo te» fa, «posso andare con quello?»

Io non ho la minima idea del perché non possa andare con quel vestito. Ma non insisto su esso.

«Quello di quindici giorni fa?» arrischio.

Scuote il capo, tra spoetizzata e sconfortata circa le mie facoltà mentali.

No. Non può andare nemmeno con quello, è evidente.

E guai se io sostengo che, invece, potrebbe andare benissimo sia con l'uno sia con l'altro, sia con altri ancora, il che è la verità. Secondo lei ci vuole un vestito proprio per quell'occasione. Che, naturalmente, non servirà affatto in un'altra.

Se io, allora, sostengo timidamente che, in questo caso, un vestito le servirebbe una volta sola e poi dovrebbe buttarlo, e che in fondo potrebbe andare benissimo addirittura come si trova, m'incenerisce con un'occhiata. Perciò, dovrei fingere d'esser del suo parere. Dire: «Già, è vero, ero distratto. Certo, così non puoi venire, lo so, lo capisco, lo riconosco, hai ragione».

Ma una volta tanto s'irriterebbe peggio anche a darle ragione.

«Lo sai» scatterebbe indignata, «lo capisci, ma non te ne importa niente.»

E, poi, non sempre ho la flemma necessaria per una risposta così evangelica. Certe volte, tento di convincerla con argomenti di opportunità.

«Però» dico, senza drammatizzare, fingendo che in fondo a me non interessa molto la cosa, «è un peccato, rinunziare a quest'invito, a questo teatro, o a questa festa, per il vestito. Non potresti rimediare con uno di quelli che hai?»

«E già» dice lei, «a te non importa, se io faccio una brutta figura.»

In sostanza, vorrebbe che le dicessi: «Non ti preoccupare, ti farai un abito nuovo apposta, ecco il danaro».

Ma anche in questo caso non me la darebbe vinta.

«Già» direbbe, «quando fa piacere a te che si vada in qualche posto, non badi a spese. Mentre io ho bisogno di tante cose. Comperami una pelliccia piuttosto. Ma questo no, eh?»

Il fatto è che, quanto a vestiti, non è mai nessuno di quelli che ha, e ne ha molti, il quale possa andar bene per una certa occasione, qualunque essa sia. Ce ne vorrebbe sempre un altro apposta e io mi domando per quali misteriose occasioni sieno fatti i suoi abiti, e tanto valeva che non se li facesse.

«Ma come?» dico certe volte «hai tanti vestiti.»

In questi casi, lei non mi risponde. Si limita ad aprir l'armadio e ad indicare l'imponente esercito dei vestiti appesi.

«Guarda tu stesso» dice, in tono ironico «quale potrei mettere.»

Indico un vestito che mi pare adatto per la bisogna.

«Quello è da pomeriggio» dice, se l'occasione è di mattina. E, se si tratta d'un'occasione pomeridiana: «Quello è da mattina». (Il vestito è lo stesso.)

Indico un altro vestito.

«Questo è da passeggio» fa, se dobbiamo fare una visita.

Se, invece, dobbiamo andare a passeggio: «È da visita».

Se dobbiamo fare una visita con passeggiata: «È da mezza sera».

E se dovessimo fare una visita con passeggiata a mezza sera: «È da sera».

In ogni caso i suoi vestiti sono da tutto, meno che da quello che dovrebbero essere per quell'occasione.

Oppure ha il vestito, ma non può metterlo, perché non ha le scarpe adatte. E, se ha le scarpe e il vestito, non può mettere né questo né quelle, perché le manca la borsetta che s'intoni con essi. E, se ha anche la borsetta, le mancano i guanti; o una sciarpa; o il diavolo che se la porti.

Direte: ti piace quella donna, devi sopportarne i difetti. Nemmeno per sogno. La cosa più grave è che non mi piace affatto, come donna. Mi sarà piaciuta un tempo. Ma ormai preferisco mille altre donne, fisicamente. E anche moralmente. E allora?

E allora questo è il mistero: se lei non c'è, non sono a posto. Abitudine?

V - *Le ragazze*

È domenica. La folla che sciama, uscendo dalla Messa di mezzogiorno, dà alle strade un'aria gioiosa. Molti hanno cartocci di dolci in mano. Ci sono coppie dall'aria felice, intiere famiglie, gli abiti migliori.

Ma io sono solo. Teresa non è voluta uscire con me. Non aveva voglia. Mi ha detto: «Va' pure, io resto a casa; tanto, per il divertimento che m'offri...».

Mentre rincaso, guardo le ragazze.

La città è un mattatoio. Bellissime ragazze in giro, passano inosservate, per la grande quantità che ce n'è. Non si fa in tempo a voltarsi a guardarle, vi passano davanti in file, a frotte.

Isolatene col pensiero una qualunque, a caso, la prima che capita, e immaginatela, per esempio in campagna; in un castello, o, anche, in una vecchia villa solitaria; ecco, apre il cancello e vien giù, nel viale deserto, tra due filari d'alberi, tra i prati deserti; i suoi passi scricchiolano leggeri sulla ghiaia, sulle foglie secche. Quale nobiltà in quei lineamenti! Non potreste non innamorarvene subito.

La incontrereste ogni giorno. Andreste ad aspettarla per vederla passare. La vedreste fra i monti, oggetto d'ammirazione rispettosa da parte dei paesani. Sarebbe un personaggio importante, circondata da un alone di mistero che la renderebbe più interessante.

Vi appostereste agli angoli per vederla, per incontrarla. Quella delicatezza nel volto! Vi intimidirebbe, vi sentireste pieni di rispetto per lei.

In città, invece! Ce ne passano a decine, a centinaia, sotto il naso, una più bella dell'altra, e quasi non ce n'accorgiamo e spesso non le degniamo d'un'occhiata, o non diamo loro importanza. Bisognerebbe metterle in un campo di concentramento, e poi andare ad aspettarle fuori, all'ora della libera uscita.

Le donne ci piacciono perché sono meravigliose, o ci sembrano meravigliose perché ci piacciono?

Certo esiste una perfezione, è come in un accordo musicale, la quale corrisponde al bello. Quando c'è questa perfezione, ci piacciono. Le proporzioni delle forme, non troppo grassa né troppo magra. E il lampo dello sguardo, il sorriso, qualcosa di assolutamente personale; in una parola: l'anima che traluce attraverso il corpo, come una fiammella attraverso una lampada d'alabastro.

Mentre vado verso casa a mangiare, penso: Come sarebbe bello, se potessi andarmene al ristorante da solo! Quante belle avventure! Mi scatenerei.

Penso a come potrei arrivare a una separazione da Teresa. E intanto vado a comperare fiori e dolci da portarle.

Malgrado le quali cose, a casa un litigio. Torno a uscire, senza mangiare.

Benissimo. È proprio quello che desideravo poco fa. Potrei profittare della libertà, andare a caccia d'avventure, e invece adesso non desidero che far la pace. Camminando per la strada, senza meta, penso: Ora torno e cercherò di rabbonirla.

Ma non voglio far vedere che cedo. Ci vuole un pretesto.

Torno, dico qualcosa per riprendere il discorso, senza per ora capitolare, ma questo fa peggio. È come se la provocassi e se fossi tornato per litigare più aspramente. Infatti, divampa di nuovo la lite. Scappo pieno di rabbia.

Per la strada, me la prendo con me stesso, per essere andato via dopo ch'ero tornato apposta. Torno per la seconda volta. Anche perché è domenica e dovremmo stare in pace.

Ora Teresa sembra un po' più calma. È andata a buttarsi sul letto. Le dico qualche parola gentile. Lei risponde che la lasci in pace, ma non mi scaccia più. Ormai il litigio è finito. Mentre lei dorme, io, seduto in poltrona, nel silenzio della casa, aggravato dal silenzio esterno del pomeriggio domenicale, penso: Che imbecille sono stato! Che fretta c'era di tornare per far la pace? Avrei potuto almeno aspettare. Così avevo un pomeriggio e una serata liberi. E invece, eccomi qua di nuovo. Ma, se per caso litigassimo un'altra volta, non voglio lasciarmi sfuggire l'occasione.

Poi penso: Eppure, so benissimo che litigheremo non una, ma cento altre volte, e mi lascerò sempre sfuggire l'occasione. Potrei tornare libero, indipendente. Basterebbe profittar d'un litigio. Disgraziatamente, appena litighiamo non la penso più così e, invece di desiderare la libertà come quando siamo in pace, non desidero che far la pace. Io non mi conosco mica. Sono uno sconosciuto a me stesso. Prima penso: Se litigassimo, me ne andrei al ristorante con un'altra donna... Un'avventura... Invece, ecco, abbiamo litigato e non lo faccio. Non mi piace più, non m'attira più quello che bramavo un momento fa.

Attraverso i vetri, si vede il sole invernale, limpido e freddo. La gente è a passeggio, a piedi. Ma Teresa ha detto che non vuole uscire e dorme. Penso: Se esco, è tipo d'accorgersene subito, alzarsi, vestirsi e uscire senza di me. E chi sa dove andrebbe, in questo stato d'animo. Oppure, potrebbe arrivare qualcuno in casa, mentre io non ci sono e lei è furiosa contro di me. Potrebbe volersi vendicare. È meglio che io resti in casa. Sono schiavo, per tenerla schiava. Per farle la guardia, mi privo della libertà. Se...

Mi viene un pensiero vergognoso, atroce, che non oso confessare nemmeno a me stesso: quasi quasi, se s'ammalasse...

È un attimo. Oh, no, penso subito, che vigliaccheria è questa? Perché dovrebbe ammalarsi, morire, povera donna?

Eppure, confessa: in segreto, a te non dispiacerebbe se s'ammalasse. Non gravemente, ma in modo di dover stare un po' a letto buona e tranquilla. Certo, riacquisterei per un po' di tempo una certa libertà. Non ci dovrei metter niente di mio, nessuna iniziativa, nessuna rottura dolorosa. Potrei vedere altre donne... Riceverle in casa... Che pensieri vergognosi! Sono un mostro.

Zitti. È lei che mi chiama. Sia lodato il cielo, la burrasca è passata.

La famiglia affezionata

«I problemi delle vacanze!» disse un amico, ch'era con me nella piccola stazione di mare. «Pensa, per esempio, alla visita di fine settimana del capofamiglia rimasto in città a lavorare. Ogni volta, al momento della partenza, si rinnova per lui lo strazio della separazione. Perché non tutti hanno la fortuna d'una famiglia come quella di Giorgio T.!» E mi narrò quello che potrebbe fornire materia d'un racconto intitolato *La famiglia affezionata*. E che cercherò di riferire, senza togliere né aggiungere niente.

Ogni settimana, la partenza di Giorgio T., che tornava in città dopo la consueta visita del sabato sera e domenica, era molto dolorosa per lui e per i suoi. Cominciava la moglie, innamoratissima, alcune ore prima della partenza a dirgli con tristezza: «E così, stasera te ne vai, eh? Mi lasci sola!». C'era una punta di rimprovero, nella voce. Come se Giorgio se ne andasse per il piacere di andarsene. Lui che sarebbe rimasto tanto volentieri fra i suoi cari! «Per carità» le diceva, «non cominciare a dirmi così, che mi rendi anche più penosa la partenza.» Figli e moglie lo guardavano con occhi tristi. E lui: «Vi prego, se mi guardate così, mi rendete più doloroso il distacco. Dovete invece facilitarmelo. Vi supplico, nessuna lagrima, nessun sospiro. Aiutatemi».

Fu così che nelle menti dei famigliari sorse e maturò l'ardito progetto. Una piccola congiura affettuosa. Lui non doveva saperne niente, altrimenti l'espediente non avrebbe avuto effetto. Fu la moglie ad aprire le operazioni, quando, poche ore prima della partenza, disse a bruciapelo al marito: «Be'? Quando ti togli dalle scatole?». Giorgio la guardò stupito. Credeva che scherzasse. Ma la buona signora, sa il cielo con quale sforzo di simulazione e di dissimulazione, si manteneva serissima. Il marito ci rimase male. Anche per la brutalità e la volgarità dell'attacco. Inaspettato. Ma non volle stare a discutere. Si limitò a dire: «Che modo d'esprimersi. Quando mi tolgo dalle scatole. Si direbbe che tu non desideri altro». La moglie sbuffò (con sforzo: facendo violenza ai propri sentimenti), alzò le spalle con noncuranza (simulata: soffrendone ella stessa). «Ammetterai» disse, «che la tua presenza ci paralizza un po' tutti, interrompe la nostra vita abituale, qui. Dopo ventiquattr'ore, ohé, se ne ha una barba.»

Il marito si morse le labbra. Stava per rispondere per le rime, ma non volle mettersi a litigare quasi al momento di partire. Tanto più che la figlia maggiore era intervenuta di rincalzo con un: «Sì, papà, tu sei buono e caro ma, diciamola com'è, non avertene a male, sei anche un po' asfissiante». «Asfissiante?» balbettò il pover'uomo, che non credeva ai propri orecchi. «Eh, sì, un tantino. Tu dovresti limitarti a lavorare e guadagnare, se vuoi proprio farci piacere. Ecco qual è la tua funzione.» «Eh, già» sbottò lui, amaramente, «io sono la bestia da soma. Debbo soltanto tirare la carretta.» «Papà, come la fai lunga!» esclamò il figlio «renditi conto che non sei adatto a rallegrarci la vita, con la tua presenza. Troppa diversità di idee.» «E va bene» fece il padre, secco, «state tranquilli, che fra poco vi tolgo il disturbo. Anzi, ve lo tolgo subito, guardate.»

Si diè con impeto a riempir la borsa coi pochi effetti d'uso che lo accompagnavano in queste visite. «Così sarete contenti» ripeteva, ansante. C'era un impeto, nei suoi gesti, uno slancio, ben diversi dalla svogliatezza con cui le altre volte si preparava a partire. Ora, invece, pareva che non desiderasse altro. Arraffava la propria roba e la ficcava con rabbia nella borsa.

Alle sue spalle, i famigliari si scambiavano occhiate d'intesa. L'espediente era perfettamente riuscito: pareva che il partente, ormai, non desiderasse altro che, per usare la spietata e inattesa espressione dei famigliari, togliersi dalle scatole. A confermarlo in questo proposito giunse in buon punto un sonoro «Uffa!» della moglie, seguito da uno «Sbrigati, se non vuoi perdere il treno». Lui la guardò bieco: «Sta' tranquilla» disse, «che non lo perdo. E se anche dovessi perderlo, guarda cosa ti dico, preferirei andarmene a piedi, piuttosto che restare qui un minuto di più».

Quale differenza dalle altre volte, in cui quasi sperava di perdere il treno, in cui ogni pretesto sarebbe stato buono per differire o ritardare la partenza. Ora, invece, non desiderava che partire. Nessuna esitazione, nessuno sforzo.

Da quella volta i famigliari aumentarono e raffinarono gli accorgimenti affettuosi: continue parole pungenti, segni d'impazienza. Amici e compagni di villeggiatura furono messi segretamente a parte dell'espediente, e dettero una mano alla riuscita di esso: nessuno più rivolse a Giorgio quelle stupide frasi di cortesia che si sogliono pronunziare alla partenza del visitatore di fine settimana: «Parte? Che peccato! Perché non resta ancora qualche giorno?» (come se il partente partisse per capriccio), e: «Torni presto!» (come se potesse tornare per far piacere a loro). Invece molti s'accodavano al gruppo diretto alla stazione, gridando degli ironici «Buon viaggio!» e facendo quel che potevano, sempre col pietoso scopo che s'è detto. Ma zitto. Eccolo!

L'amico interruppe il racconto e m'additò un gruppo che entrava in quel momento nella piccola stazione: fra il lusco e il brusco, vidi un tale con una piccola valigia, seguito da una signora e da alcuni ragazzi, che lo sospingevano avanti a furia di calci nel sedere.

«È Giorgio che torna in città a lavorare, e la moglie e i figli lo accompagnano al treno» bisbigliò l'amico, intenerito dalla patetica scena.

E che essa sortisse pienamente l'effetto voluto, si vedeva chiaro dal volto del partente, su cui non si leggeva più ombra di malinconia, ma solo una gran voglia di sottrarsi a quell'incresciosa situazione partendo al più presto, col proposito di mai più tornare; proposito di cui una volta non era traccia in lui, ma che avrebbe avuto tempo di scomparire o mitigarsi durante la settimana; sicché egli, al sabato successivo, sarebbe tornato gioioso a trovare i suoi, per ricevere da essi manifestazioni che facevano scomparire in lui ogni dispiacere per l'inevitabile separazione, e lo facevano tornare al lavoro col rinnovato desiderio di trovarsi al più presto solo e lontano dai suoi. Trasformando, in conclusione, un dispiacere in una gioia desiderata e assaporata.

«Beato lui!» esclamò l'amico con invidia, vedendo che, sotto l'impeto d'una più energica pedata coniugale, il poverino finiva faccia a terra, a un passo dal convoglio ferroviario, a rischio di finir sotto le ruote, mentre la moglie gridava: «To' piglia su!» e i figli esplodevano in un coro di: «Ben fatto!».

La cartolina

Dopo l'ultima rampa in salita il pullman percorse cento metri e si fermò. I turisti scesero e si diressero verso il ristorante del passo, dove la carovana era attesa. Bisognava far presto, c'erano soltanto tre quarti d'ora per mangiare e doveva essere anche difficile trovar posto, visto il gran numero di pullman fermi.

Roberto e Irene, prima di entrare nel ristorante, si guardarono attorno cercando qualcosa e subito si diressero verso la baracchetta delle cartoline illustrate.

Ci sono tipi nati per le cartoline e tipi assolutamente negati per esse. I primi, quando sono in viaggio, o in gita, appena si fermano anche per pochi minuti, anche se il pullman o l'auto deve soltanto far freddare il motore, vanno difilati al negozio o alla baracchetta delle cartoline, se ce n'è in vista, immediatamente scelgono, comperano, scrivono, prendono i francobolli, scoprono la cassettina postale, imbucano.

I secondi sanno che debbono mandare cartoline, vorrebbero farlo, e non si decidono. E se, vincendo la pigrizia, s'inducono a iniziare gli atti necessari a questa pratica gentile, cominciano con l'incontrare difficoltà nella scelta delle vedute: questa non è abbastanza bella, qui non si vede il monte o il mare, questa è troppo comune. Scelte finalmente poche vedute, incontrano difficoltà a scrivere: non hanno l'occorrente a portata di mano, o non hanno voglia; o, se hanno voglia e occorrente, non hanno l'indirizzo del destinatario.

Quando hanno scritto, ritengono di aver fatto abbastanza per quel giorno e rimandano all'indomani l'acquisto dei francobolli. Quanto all'incollarli, se ne parlerà poi. Quando sian riusciti a far tutte queste cose, per essi assai difficili, alla fine dimenticano, o trascurano d'imbucare le cartoline, che restan loro in tasca e che li seguiranno in lunghi giri da un paese all'altro. La cartolina con la veduta di Capri finirebbe per essere imbucata a Ortisei, o a Cortina, o a San Martino di Castrozza. E alla fine accompagna il viaggiatore fino al suo ritorno a casa, cioè spesso proprio nella città dove era diretta la cartolina stessa, sì che ormai il mittente potrebbe consegnarla a mano. Ma egli non fa nemmeno questo. Pensa: Mi servirà per l'anno venturo. La cartolina, dopo saltuarie riapparizioni in occasione di sgomberi o rassettate di cassetti, finisce per venire gettata via senza essere mai stata spedita né consegnata.

Il fatto è che, se si ha la cartolina pronta, non si ha la penna, se si ha la penna non si ha la cartolina, se si hanno tutt'e due le cose, manca il francobollo e quando si capita in una tabaccheria non si pensa di avere in tasca la cartolina che aspetta il francobollo; o, se ci si pensa, quando tutto è pronto non si ha la buca postale a portata di mano.

Si vedono decine di buche postali, poi, ma non ci si ricorda di avere la cartolina, o in quel momento le cartoline da impostare sono rimaste nella tasca di un'altra giacca. E se si ha tutto, non si ha la voglia di fermarsi a impostare.

Ma perché – direte – dedicar tante parole ai non adatti per cartoline? L'Autore intende forse imperniare il racconto su questa categoria, fortunatamente non numerosa e d'altronde nemmeno così interessante da giustificare lo spazio occupato?

Al contrario, signori. Quando avrò aggiunto il particolare del tutto secondario che ad essa appartiene anche l'Autore del presente racconto, intendo non occuparmene più e perciò ho dato fondo a quel poco che si poteva dire di coloro che la compongono. Mentre se ho dedicato soltanto qualche riga ai tipi nati per le cartoline, è perché questo racconto s'impernia su di essi e perché li vedrete in azione, il che rende inutili le dissertazioni sul loro conto, o le generiche descrizioni, e vi spiega la brevità dello spazio finora ad essi dedicato.

Perché finalmente – ed è con quest'ultima annotazione che li introdurremo – in materia di cartoline c'è anche la macchia. Tutto quello che abbiamo detto finora non era dunque necessario, sia come non detto, consideratelo un di più, un fuori programma, un'aggiunta, un modesto saggio sulle "cartoline — difficoltà di scriverle e impostarle – psicologia del mittente", offertovi in gentile omaggio dall'Autore. E dimenticatelo.

Del resto, dicevo, li introdurremo. Ma li abbiamo già introdotti. Sono i coniugi Roberto e Irene, che abbiamo visto dirigersi verso la baracchetta delle cartoline illustrate.

Essi erano tipi nati soltanto per le cartoline. Viaggiavano unicamente per mandare cartoline. E non sempre con sentimenti benevoli, malgrado le apparenze.

Viaggiavano soltanto d'estate. La vita è breve, perché si vivono soltanto i tre mesi d'estate. Così, mentre i compagni di pullman erano a pranzo, Roberto e Irene, seduti al tavolino del negozietto, riempivano cartoline di nomi, indirizzi, titoli accademici e baci.

«Questa» disse Roberto, scegliendo una delle più belle, «la manderemo al professor Ciotola.»

Cominciò a scriverla.

«Ahi» disse a un tratto, «s'è macchiata. Proprio la cartolina a una persona di riguardo.»

Era una bellissima cartolina al bromuro. Faceva male al cuore stracciarla.

«Poco male» fece la moglie, insolitamente calma, «la manderemo a un altro.»

«Ho già scritto "Luigi".»

«La manderemo a un altro Luigi. A Luigi Fitto.»

«Figurati! Che c'importa? Piuttosto a Luigi Riva.»

«Ma che Riva! Pensiamoci un momento.»

Si misero a ripetere a fior di labbra: Luigi... Luigi... Luigi... Luigi...

«Luigi Ridammi?»

«Macché, quel seccatore!»

Si rimisero a pensare.

«Don Luigi?» fece Roberto.

Figurarsi. Don Luigi era il parroco, con il quale non avevano nessuna dimestichezza. Si può dire che non lo conoscessero nemmeno. La cartolina, e per di più da un luogo rinomato, sarebbe parsa, da parte dei suoi negligenti parrocchiani, una ironia.

Passarono in rivista tutti i Luigi della loro vita. E allora s'accorsero di non tenere a nessun Luigi particolarmente.

All'improvviso Roberto, scartato Don Sturzo non per ragioni politiche, ma perché non gliene fregava niente, si ricordò di un vecchio zio Luigi dimenticato da anni.

Fu così che pochi giorni dopo, il vecchio, vedendosi ricordato dopo tanti anni di silenzio da questo parente, proprio mentre stava facendo testamento, lo nominò erede universale.

La cura dell'uva

Voi adesso vorrete sapere se io faccio la cura dell'uva, come la faccio, quando la faccio e se non la faccio che cura fo. Ebbene, sì, la faccio. E con questo? Faccio anche la cura dei fichi, se volete saperlo. Io bado molto alla salute e non c'è cura che mi lasci sfuggire.

D'inverno fo la cura dei datteri, delle mele, fichi secchi, noci, arance. A primavera faccio la cura delle fragole; poi quella delle ciliegie, che anche mi fa molto bene. D'estate mi curo con le pesche, le albicocche, le susine. Faccio anche la cura dell'anguria, o cocomero, e ne risento notevoli benefici. Un mio amico, salutista accanito, la praticava in un modo eccessivo: mangiava tre o quattro angurie la mattina appena alzato.

Ma anche nelle cure non bisogna esagerare. Gli fecero male, anche perché le mangiava senza sbucciarle, e proprio a quell'epoca prevaleva la tendenza medica che consiglia di sbucciare la frutta. Nel quinquennio successivo, in cui prevalse la tendenza medica opposta, gli avrebbero fatto molto bene. Ora pare che la buccia della frutta in genere torni ad essere considerata dai medici dannosa all'organismo. Per mangiarla bisognerà aspettare l'anno venturo, durante il quale certamente i medici sentenzieranno che mangiare la frutta senza sbucciarla è quanto di più salutare sia dato immaginare.

Un'altra buona cura è quella dei fichi col prosciutto. Anche il melone col prosciutto fa bene. So che il medico me l'ha ordinato e ne ho tratto beneficio. Per di più è una delle poche cure che faccio senza repugnanza e la preferisco ad altri sistemi terapeutici. Volete paragonare un'iniezione a un piatto di melone e prosciutto?

Il melone col prosciutto sembra sia particolarmente indicato per le malattie nervose. Conosco un tale, nervoso all'eccesso, che, quando nella stagione estiva non trova a tavola il melone col prosciutto, dà in escandescenze; e appena lo vede, si calma come per incanto. Gli passa la crisi. La sola vista del melone col prosciutto ha su lui un'azione sedativa.

Una volta visitai un ospedale dove tutti gli ammalati erano curati esclusivamente con melone e prosciutto. La mattina, all'ora della visita, i medici, accompagnati dalle infermiere con le tabelle cliniche, facevano il giro dei padiglioni e davanti a ogni letto prescrivevano, secondo la gravità dei mali: melone mezzo chilo, prosciutto un etto; tre etti di melone in ghiaccio e quattro fette di prosciutto di montagna vecchio, ecc. In sostanza i meloni venivano considerati come delle grosse pillole. Dietro il gruppo dei sanitari in camici bianchi, si vedeva silenziosamente avanzare su ruote gommate, lungo le corsie, uno di quei carrelli di ristorante con sopra grossi salami, alzate di frutta, prosciutti interi. Gli ammalati, supini nei candidi letti, solo alla vista dei "medicinali" si rianimavano.

Poiché m'è capitato di accennare al prosciutto e non so quando la mia buona stella mi concederà di parlarne un'altra volta, ne profitto per fare alcune osservazioni su quest'ottimo salume che io tanto amo crudo quanto trascuro cotto. M'è avvenuto talvolta di sentir lamentare a tavola, specie da qualche padrona di casa davanti ai suoi ospiti, che il prosciutto fosse "tagliato male", cioè a fette non abbastanza sottili. In questi casi non l'ho confessato, ma segretamente mi sono compiaciuto che fosse tagliato male. Sarò un cinico, ma non me la sento di dire una cosa per un'altra. Crudo, stagionato, con pochissimo grasso e in fette un po' spesse, così va mangiato il prosciutto da chi sa intenderne la poesia (beninteso, accompagnato con un vinello leggero). E se non temessi d'offendere i sentimenti d'una forse numerosa falange di persone dal gusto rovinato, non esiterei a dire: abbasso il prosciutto cotto! Ma di questo e d'altre questioni affini mi riprometto di trattare con la necessaria larghezza in un'opera che intendo scrivere sul prosciutto, quando non avrò altro da fare.

Per tornare al tema, lasciatemi dire che il melone col prosciutto, i fichi col medesimo, il formaggio con le pere, appartengono a quei grandi binomi internazionali, di fronte ai quali tutti c'inchiniamo, senza tentare d'indagarne il mistero. Perché il melone col prosciutto e non col manzo lesso? Perché il formaggio con le pere e non, putacaso, con le fragole?

Di questi misteriosi e famosi accoppiamenti, altri esempi minori, ma non per questo meno notevoli, sono l'insalata con le uova sode, i carciofi con la coratella (quest'ultimo, tuttavia, limitato alla zona di Roma e provincia), la polenta con gli uccelli, ecc.

Io mi domando chi sarà stato l'inventore, ad esempio, dei fichi col prosciutto. Come gli sarà venuto in mente questo geniale accoppiamento. Chi sa quante prove avrà fatto prima di giungere alla combinazione che doveva avere tanta fortuna. Perché in apparenza non c'è alcun nesso tra i fichi e il prosciutto. Ma la loro unione, bisogna riconoscerlo, è delle più felici...

L'inventore avrà fatto lunghi esperimenti. Avrà provato a combinare i fichi con le bistecche e, dopo avere assaggiato, avrà detto scoraggiato, scotendo il capo: «Non ci siamo ancora». Più volte sarà stato tentato di mandare al diavolo le faticose ricerche, ma la buona compagna della sua vita l'avrà esortato a perseverare, ad aver fede nel successo. E lui, allora, animato da novella energia, avrà provato a combinare i fichi con gli spaghetti. Nuovo insuccesso, nuovo scoraggiamento. Oppure coi latticini. O il prosciutto con le susine, o con le banane, o con le mele. Avrà passato notti insonni, la famiglia avrà camminato in punta di piedi per non disturbarlo. Sarà stato d'umor nero per settimane. E finalmente, là!, la rivelazione: i fichi col prosciutto! Fu il trionfo. La fortuna assicurata.

La cosa è anche più notevole, se si pensa che, cronologicamente, i fichi sono nati molto tempo prima del prosciutto. Per secoli e secoli essi non ebbero con chi accoppiarsi. Per millenni rimasero soli. Oppure può darsi che l'importante scoperta, come molte altre scoperte, sia dovuta al caso. Un giorno forse uno scienziato stava mangiando pane e prosciutto sotto un albero di fichi e gli sarà cascato un fico in bocca. Newton, quando stava sotto un albero e gli cadde una mela sulla testa, scoperse la legge della gravitazione universale; lui avrà scoperto una cosa almeno altrettanto utile all'umanità: i fichi col prosciutto.

A proposito di Newton, a qualcuno può sembrare strano che una così grande scoperta sia legata alla caduta d'una mela. Invece è la cosa più naturale di questo mondo. Il famoso fisico stava sotto un albero, quando gli cadde la mela sul capo. Non avendo altro da pensare, cominciò a pensare a questa storia della mela caduta (si sa infatti che i grandi pensatori sono quelli che non hanno pensieri, altrimenti avrebbero altro a cui pensare). Dunque, si mise a pensare: come mai la mela cade in giù invece che in su?

(Certo, per fare queste grandi scoperte, oltre che gran geni bisogna essere anche un po' scemi. Come può venire in mente a qualcuno che una cosa possa cadere in su?) Così, a furia di pensare che le cose che cadono hanno la curiosa abitudine di cadere sempre dall'alto in basso e che mai, guarda caso, se n'è vista una che cadesse dal basso in alto, il famoso scienziato, che è, che non è, arrivò a scoprire la legge dell'attrazione universale. Difatti, pensò, se una mela fosse attirata in su, cadrebbe in su invece che in giù. Bella scoperta, direte. Eppure, prima di lui nessuno ci aveva fatto caso. E sì che mele dovevano esserne cadute miliardi di miliardi. E chi sa quante altre grandi scoperte si potrebbero fare, se facessimo caso a tutte le altre cose ovvie che succedono intorno a noi e di cui, forse, nemmeno ci accorgiamo, o a cui non riflettiamo abbastanza.

Sempre a proposito del grande fisico, mi domando se avrebbe ugualmente scoperto la legge della gravitazione universale, ove, invece che sotto un albero di mele, si fosse trovato sotto un albero di cocco.

Il trovatello

Giacomo entrò nella piccola trattoria dei pasti a prezzo fisso, ordinò, si mise a mangiare. Il luogo era deserto. C'era una luce malinconica, verdastra. Un'aria di miseria. I lumi avevano i vetri smerigliati. Non si udivano rumori. Pareva che gli orologi fossero fermi. O che lì dentro il tempo non passasse da anni. Il resto del mondo e la vita sembravano lontani da quel luogo. In fondo, ritto come i cavalli che dormono in piedi, stava Aristide, cameriere triste, con la barba di un giorno e una marsina impataccata e troppo grande per lui. Squallido, emaciato, tutto in lui cantava: fame, fame! Guardava con la coda dell'occhio, quasi sospettoso, l'avventore – ch'era per la prima volta capitato lì – e pareva lo studiasse, prima di dirgli qualcosa che gli urgeva sulle labbra. Tossicchiò per attrarre l'attenzione di Giacomo.

«Io» disse a un tratto «sono un trovatello.»

L'avventore, il capo curvo sul piatto, continuò a mangiare. Passò qualche minuto di silenzio.

«Anche mio padre» riprese dopo poco il cameriere «era un trovatello.»

Giacomo alzò il capo dal piatto.

«Figlio mio» disse, «mi hai fatto il cuore come un pizzico, con questi discorsi di trovatelli. Non hai qualcosa più allegro?»

Si rimise a mangiare, mentre il cameriere, ridotto al silenzio, continuava a guardarlo di lontano, ogni tanto, timorosamente. Si capiva che aveva ancora qualcosa da tirar fuori, che non aveva ancora vuotato il sacco. Tossicchiò un'altra volta per attrarre l'attenzione di Giacomo e, guardando il soffitto con aria indifferente, disse: «Discendo da un'antica famiglia di trovatelli. Una famiglia nella quale il trovatellismo si trasmette di padre in figlio».

Le miniere artificiali

«Giorgio Blak fu un benemerito del suo paese, signori. È bene dirlo subito e forte, per sventare le voci calunniose messe in giro sul suo conto da malevoli e invidiosi.»

Ciò detto, Alfredo O'Connel dette un pugno sulla tavola, ottenendo il risultato di risvegliarci di colpo.

«Insomma» chiese qualcuno di noi, «che cosa fece Giorgio Blak?»

«Che cosa fece? Che cosa fece?» e così dicendo Alfredo roteava occhi di fuoco su tutti noi. «Ve lo dirò io che cosa fece.»

Abbassò il tono.

«Dotò il suo paese di miniere artificiali» aggiunse con voce soffocata, «ecco che cosa fece. E scusate se è poco.»

«Di miniere artificiali?» fece qualcuno. «È un po' forte.»

«Di miniere artificiali» ripeté Alfredo.

«Via, via, è inutile stare a discutere a vuoto. Diteci tutto» fece Carlo il Barbagianni.

(Carlo era effettivamente detto il Barbagianni, ma a sua insaputa. Gli amici, parlando di lui, dicevano: «Carlo, sai, quel barbagianni», e: «Quel barbagianni di Carlo», ma egli non lo seppe mai, né lo sospettò.)

Alfredo O'Connel, secondo il solito, non domandava di meglio che "dirci tutto".

«Constatato che il sottosuolo del suo paese era sprovvisto di ricchezze minerarie» disse, «Giorgio concepì l'ardito e grandioso disegno di crearne. Sissignori, crearne. Per non essere tributari dello straniero. Per non importare da lontani paesi quelle materie prime che il suolo patrio non dava.»

Alfredo raccolse per un istante le idee.

«Creare delle miniere» riprese «non è facile, come a tutta prima si potrebbe credere. Giorgio Blak cominciò col carbone. Per prima cosa fece scavare vastissime e profondissime caverne sotterranee. Indi le riempì di carbon fossile. Poi fece accuratamente ricoprire con terra e rocce questi giacimenti artificiali. Il più era fatto. Ormai le miniere c'erano, coi loro filoni, e non restava che scoprirle per poterle poi sfruttare. A questo scopo Giorgio Blak nominò una commissione di studiosi che avevano il compito di scoprire la presenza dei giacimenti artificiali, i quali, come s'è detto, erano stati accuratamente ricoperti, e dei quali egli s'era ben guardato dal rivelare la precisa ubicazione. Una volta trovata, per mezzo di sondaggi e scavi, l'ubicazione e il profilo della miniera artificiale, essa veniva scavata dai minatori, che si calavano pericolosamente nei pozzi tenebrosi. Quest'ultima fase della grandiosa impresa non differiva in nulla dalle comuni operazioni minerarie. Lavoro faticoso e difficile era stata la costruzione di queste miniere artificiali, perfettamente imitate da quelle vere; ma assai più faticoso e difficile era il lavoro dei minatori, che dovevano scavarle per prendere il carbone.

«Giorgio Blak ci fece persino mettere il metano (grisou; non è strano che una parola nostra debba essere spiegata con una parola straniera? eppure succede) e ogni tanto c'era qualche scoppio provocato a bella posta perché le miniere artificiali non differissero in nulla da quelle vere. Naturalmente le famiglie delle vittime avevano le loro indennità e pensioni assicurate.

«S'intende che il carbon fossile necessario a riempire le miniere artificiali veniva importato dall'estero. Man mano che veniva estratto – e in questo le miniere artificiali presentavano un vantaggio su quelle vere – esso veniva rinnovato per mezzo di altro carbone importato dall'estero; e talvolta sostituito con lo stesso carbone già estratto; e questo era anche un vantaggio maggiore, rispetto alle miniere vere.»

Terminato il racconto, Alfredo uscì senza aspettare i nostri commenti.

«Io non ci trovo niente di straordinario» fece Carlo il Barbagianni. «Mi pare una cosa normalissima.»

Noi eravamo rimasti pensierosi.

Anche il petrolio!

«Giorgio Blak dotò il proprio paese anche di imponenti giacimenti petroliferi» proseguì Alfredo O'Connel più tardi.

Eravamo tutt'orecchi.

«Per il petrolio» disse «la cosa andò molto più speditamente che per il carbone. Giorgio Blak cominciò col comperare immense quantità di benzina nei paesi provvisti della medesima. Indi sottopose il prezioso liquido a un procedimento atto a trasformarlo in petrolio allo stato greggio.»

«Maraviglioso. Così otteneva enormi quantità di greggio» osservò Luigi l'Astuto. «Era risolto il problema del greggio.»

«Per l'appunto. Fu questa la sua trovata. Trasformata la benzina in petrolio greggio, introdusse questo nel sottosuolo. Segretamente, beninteso.

Nessuno doveva sapere dov'erano questi giacimenti petroliferi, altrimenti sarebbe stato un gioco da ragazzi trovarli. Invece, una volta ricoperti i giacimenti da lui costruiti, in modo che neppure il minimo indizio ne rivelasse la presenza, tecnici e studiosi, con grandi e mirabili attrezzature, venivano inviati qua e là, alla ricerca di questa vera ricchezza del sottosuolo. Si trivellava il terreno. Si procedeva a sondaggi a grandissime profondità, ché a grandissime profondità Giorgio aveva fatto costruire i suoi giacimenti. Finalmente si trovava la falda petrolifera. O, magari, non si trovava, se i tecnici erano su una falsa strada. Ché Giorgio non faceva sapere a nessuno dov'erano i suoi segreti depositi sotterranei.»

«Un momento. Un momento. All'ordine!» interloquì Giulio lo Stolto. «Mi pare di aver capito che si trattava di giacimenti artificiali.»

«Precisamente.»

«In questo caso la ricerca diventava difficilissima, perché i tecnici non potevano nemmeno basarsi su indizi geologici, che non esistevano, come conformazione delle rocce, natura del terreno, bradisismi, tracce di idrocarburi, eccetera.»

«Naturalmente. Ma Giorgio aveva pensato anche a questo, e provveduto. In difetto di indizi geologici su cui regolarsi, aveva fatto predisporre a varie profondità, nei paraggi dei giacimenti, dei cartellini non addirittura espliciti, ma, diciamo così, indiziarii; non c'era scritto addirittura: "Attenzione! Falde petrolifere!", ma: "Petrol...", "Petr...", secondo i casi. Certe volte, invece del cartellino, c'era una bottiglietta puzzolente di petrolio. O una lattina con tracce del prezioso liquido. O un vecchio lume a petrolio, il semplice tubo di vetro, o la calzetta. Guidati da questi indizi, i tecnici procedevano ai sondaggi, alle trivellazioni, alle ricerche mediante carotiere, così si chiamano gli appositi strumenti perforatori. Finalmente si trovava la falda petrolifera occultata da Blak. Venivano fatte imponenti incastellature e cominciava il razionale sfruttamento dei pozzi. Naturalmente, Blak aveva istituito premi per la scoperta dei giacimenti petroliferi da lui predisposti.»

«Ma il getto?» domandò nervosamente Carlo il Barbagianni.

«Che getto?»

«Il classico getto che viene salutato con gioia dai ricercatori, quando si sprigiona dalle viscere della terra rivelando finalmente la presenza di un pozzo.»

«Affoghereste in un bicchier d'acqua» osservò sorridendo Alfredo. «Il getto veniva prodotto mediante pompe. Quando, per caso, la carotiera incontrava e premeva un apposito bottone a grande profondità, là!, si sprigionava dal terreno un potentissimo getto di petrolio. E allora... Oh, allora!...»

«Allora?» fece, ansioso, Carlo il Barbagianni.

«Gli urrà delle maestranze arrivavano al cielo.»

Ci disperdemmo commentando variamente quanto avevamo udito.

Il telefono

La prima sera che fu adibito a custodire il deposito, Tommaso fece la sua ispezione e poi, destreggiandosi fra i molti apparecchi, raggiunse la brandina a lui destinata e si mise a dormire.

Fu verso l'una del mattino che lo svegliò un odorino di bruciato. Accidenti, pensò, qualcosa brucia.

Saltò a terra. Un filo di fumo usciva dalla cornice alta d'una parete, sotto cui presumibilmente passava l'impianto elettrico. Acqua non ce n'era, ma c'era un estintore. Il custode lo prese, lo aprì, un getto di spuma scappò fuori con impeto. Tommaso lo diresse verso il fumo e investì il punto da cui questo si sprigionava. Per maggior sicurezza innaffiò col restante getto dell'estintore la zona intorno al punto bruciacchiato. E poi si guardò attorno.

Rabbrividì. Dalla parete alle sue spalle si sprigionava un altro filo di fumo.

Ora la cosa era molto preoccupante. L'estintore era consumato e non ce n'erano altri. Urgeva telefonare ai pompieri.

Ma a questo punto gli balenò l'orrore della sua situazione.

Egli aveva già sperimentato il dramma d'essere alle prese con tanti apparecchi. Era stato assunto in un primo tempo come commesso nel negozio di vendita. Lì c'erano apparecchi da ufficio, da casa, neri, bianchi, rosei, gialli, celesti, austeri, civettuoli, da tavola e da muro, portatili, grandi, piccoli, per signora, perfino da bagno per far conversazione nella vasca. Capitò un cliente e Tommaso per isbaglio gli vendette proprio il telefono del negozio. Costui se lo portò a casa e il negozio di telefoni rimase senza telefono. Per di più il commesso, dopo aver venduto, fra tanti apparecchi, proprio quello del negozio, mise al posto di esso uno di quelli da vendere, così come aveva veduto fare dai proprietari, che, man mano che vendevano apparecchi, li sostituivano con altri nella vetrina o negli scaffali, perché la mostra fosse sempre fornita. Naturalmente l'apparecchio da vendere era staccato dal filo, quindi per qualche giorno nel negozio non arrivarono più telefonate. Quando se ne accorse, il principale voleva licenziare il nuovo commesso: poi si lasciò commuovere e lo tenne, ma come guardiano notturno nel deposito degli apparecchi, che era fuori città.

Era questo uno stanzone quasi senza mobili, pieno zeppo di apparecchi telefonici allineati in terra e su qualche scansia. Non ci si poteva girare per quanti apparecchi c'erano da tutte le parti. Se ne trovavano a ogni passo, tra i piedi; i fili staccati si aggrovigliavano, s'inciampava tra microfoni, ricevitori, cornette, bisognava destreggiarsi, non restava spazio vuoto.

Mentre il fumo continuava a uscire, Tommaso guardava con occhi di folle la moltitudine di apparecchi tutti uguali, schierata per terra, e su scansie, sgabelli e casse. Quale sarà quello che funziona? Provò con uno a caso. Niente. Con un altro, idem. Un terzo non dette miglior risultato. Al quarto Tommaso si accorse che provava di nuovo il primo. Allora capì che la cosa migliore era di procedere metodicamente. Uno dopo l'altro, dividendo il deposito in zone, si mise a provar tutti gli apparecchi; portava all'orecchio il ricevitore, ascoltava se udisse il segnale e poi lo lasciava staccato perché non gli capitasse di riprovarlo. Poi gli venne il dubbio che forse l'apparecchio funzionante non avesse funzionato in quel momento e allora tornò a provare con quelli già provati. Crescendo il fumo fu preso dall'orgasmo. Cominciò a saltare come un grillo disordinatamente da un apparecchio all'altro. Ormai non si raccapezzava più. Afferrava un ricevitore, lo portava all'orecchio, lo buttava via.

Tornava a quelli già provati per esser sicuro, prima di procedere oltre. Sbatacchiava i ricevitori. Provava con due, tre apparecchi alla volta. Cercava di scoprire a occhio quale sembrasse usato. Ma avevano tutti un aspetto nuovissimo. A un tratto gli pareva di scoprir di lontano un apparecchio che, chi sa perché, gli sembrava quello buono; inciampando nel groviglio dei fili e rovesciando sgabelli e sedie in mezzo a un rovinio d'altri apparecchi, correva a provarlo. Non era quello. Tornava indietro, s'arrampicava sulle sedie a provare apparecchi rovesciati.

Ansando corse fuori per cercar di telefonare da un posto pubblico. Ma dove, a quell'ora? Il deposito stava in mezzo a una campagna silenziosissima e deserta.

Tommaso s'era appena chiusa la porta alle spalle, che sentì squillare il telefono nel deposito.

«Eccolo!» gridò. «Sia lodato il Cielo.»

Tornò indietro. Cercò affannosamente la chiave. Il telefono continuava a squillare. Nell'orgasmo Tommaso non riusciva prima a trovar la chiave e poi a infilarla nella toppa. Finalmente ne infilò una, non era quella, provò un'altra, eccola, si precipitò dentro.

Il telefono non squillava più. Stanca di aspettare, la persona che chiamava aveva riagganciato.

Richiamerà?

Con questa speranza il custode rinunziò a tornar fuori, anche perché era impossibile trovare a quell'ora un telefono nei dintorni. Il tempo passava, il fuoco guadagnava terreno, il pericolo maggiore era che attaccasse qualche apparecchio che avrebbe divampato come un fiammifero propagando le fiamme in un baleno. Tommaso si dié affannosamente ad accatastare i telefoni dalla parte opposta a quella dov'era il fuoco. Ne fece un gran mucchio. A un tratto dal fondo della catasta udì un flebile *driiin*.

Si dié a raspare nel mucchio buttando apparecchi all'aria, per trovare quello che suonava. Lo squillo continuava. Il custode portava freneticamente ricevitori all'orecchio. A un certo punto s'udì uno sfrigolio acuto misto a un puzzo di celluloide bruciata. Si levò una vampata abbagliante, poi un'altra. La catasta era raggiunta dal fuoco.

Tommaso si precipitò fuori gridando: «Aiuto!».

Alle sue spalle, nella notte gelida, le fiamme si levavano altissime.

Il freddo

In una gelida mattina di febbraio, Guglielmo I. e Roberto F., villici entrambi, fecero il loro solenne ingresso in Milano, provenienti dalla natia Brianza. Del fatto, al lume della storia assolutamente secondario, non metterebbe conto di far cenno, malgrado il pregio dell'esser vero, se, mentre Roberto aveva alcune commissioni da sbrigare, Guglielmo non avesse portato seco un enorme gallo di nome Pippo ch'egli intendeva vendere. Ed è soltanto riferendoci alla presenza del grosso pennuto che abbiamo parlato di solennità dell'arrivo.

Faceva un freddo tale che, a definirlo polare, è trattarlo da caldo. La città era sepolta sotto una spessa coltre di neve ammucchiata lungo i marciapiedi da un esercito di spalatori nei quali il cappotto, i guanti e talvolta gli occhiali rivelavano disoccupati cultori delle arti liberali a cui durante la notte era piovuta dal cielo, come una manna col maltempo, la possibilità di guadagnarsi pranzo e cena mediante quel rude esercizio ch'essi compievano sotto gli occhi della intirizzita cittadinanza, non senza un pudico rossore e vincendo la natural ritrosia di chi ha maggior dimestichezza con la penna che con la pala.

Talché i nostri personaggi, prima di dedicarsi alle rispettive bisogne, considerando lo stato della transitabilità stradale, pensarono bene di fare una sosta in un'osteria nei pressi del piazzale intitolato a Dateo, filantropo del Settecento, e qui si dettero a bere in combutta con improvvisati amici e in ossequio a un'opinione largamente diffusa nel loro ceto, che nulla combatte l'inclemenza del clima meglio che un buon bicchiere di vino. Dove per bicchiere s'intende un certo numero di litri del suddetto liquido.

Ora avvenne che, fra un quartino e l'altro crescendo l'allegria, qualcuno gridò: «E a Pippo nessuno pensa? Anche lui deve combattere il freddo».

«Vino per Pippo!» gridarono tutti.

E si dettero a tentativi premurosi d'abbeverare il gallo col sistema della garganella.

Essendo Pippo astemio, capitò che, negli sforzi combinati per convincerlo ad accettare un sorso, gli rovesciassero addosso addirittura una bottiglia di quel buono. Sotto la doccia che chissà quanta gente avrebbe fatto felice, il gallo in segno di protesta cominciò a starnutire. Allarmati, gli amici consigliarono l'afflitto Guglielmo di metterlo ad asciugare sulla stufa accesa. Ivi posto, Pippo, invece d'asciugarsi, cominciò prima a starnazzare, poi a sussultare ritmicamente danzando una specie di charleston, indi a fumare in un modo che non lasciava presagire nulla di buono e infine restò fermo in un'immobilità atta a destare le più giustificate apprensioni in chiunque amasse il sobrio animale e soprattutto nel proprietario. Di fatti questi, tolto il gallo dalla stufa, lo scosse, l'esaminò e dovette ben presto convincersi dell'amara verità: Pippo era crepato.

Apriti, cielo! Nei fumi del vino Guglielmo ebbe un lampo di lucidità in cui gli parve di capire che il consiglio degli amici, di mettere il gallo sulla stufa accesa, non fosse dettato da un sincero desiderio di giovare al pennuto. Ragion per cui cominciò a menar pugni e calci ai circostanti accusandoli d'aver causato, con la loro infelice prescrizione medica, il decesso del compianto animale. Ne seguì un parapiglia attorno al gallo morto e una zuffa, appetto alla quale il famoso combattimento di galli in uso a Madrid era una bazzecola. Penne volavano da tutte le parti. Pareva una carica di bersaglieri lanciati all'assalto. E volavano bicchieri e seggiole.

Intervenne l'oste che penò molto a calmare i litiganti. E alla fine ci riuscì. Sulla base d'una intesa in forza della quale a Pippo venivano decretati solenni funerali a spese degli amici. Funerali da eseguirsi in cucina, dentro una padella, con accompagnamento di patate e di discorsi e in un fiume di...

«Lagrime!» direte.

Quasi: di Lacrima Christi.

Il segreto

Sono un vecchio scienziato all'antica. La mia vita si è svolta sempre tra casa e università, dove ho insegnato fisica a migliaia di allievi. Sono rimasto vedovo piuttosto presto, con una figlia che è stata lo scopo unico della mia vita. Il migliore dei miei allievi la sposò. Così io sono diventato il suocero del famoso Alak Allain, il giovane fisico di grande fama a cui si deve in gran parte l'invenzione della bomba z. Per molto tempo, come tutti, io fui all'oscuro del tremendo segreto. Poi ne sono stato messo a parte e l'ho gelosamente custodito. Ora, dopo quello che è avvenuto, dopo la catastrofe e la scomparsa anche dei miei cari, non ho più ragione di tacere e vi rivelerò quel segreto, perché i posteri sappiano e imparino. Ma, prima di rivelarvelo, sarà meglio che vi racconti per filo e per segno come io stesso venni a conoscerlo.

Dopo il matrimonio di mia figlia, dunque, io rimasi solo. Ero pensionato, di quando in quando qualche mio vecchio allievo si ricordava di me e veniva a trovarmi, ma molto di rado. Mia figlia era partita per l'estero col marito, che aveva una altissima posizione presso una potenza straniera, essendo lui che dirigeva gli studi e i lavori per la fabbricazione della bomba z.

Un giorno mia figlia m'invitò a passare le feste di Natale in casa loro. Per raggiungere il luogo dove sorgevano gli impianti e dove abitavano gli addetti ai lavori, occorreva un permesso. Le autorità, come è logico, erano rigorosissime nel concederlo, tanto più quando si trattava, come nel caso mio, di persona competente nella fisica. Ma mio genero mi ottenne il lasciapassare e in una rigidissima sera di dicembre io, dopo avere subìto una minuziosa visita doganale e non so quanti controlli, vidi schiudermisi davanti i cancelli della città segreta. Il tassì che mi aveva accompagnato non poteva entrare. Ma di là dai cancelli mi aspettava l'automobile di mio genero con lui e mia figlia in persona e dopo poco eravamo tutti e tre nel caldo e luminoso appartamento della palazzina destinata alla direzione dei lavori.

Passate le prime espansioni e dopo che ci fummo narrati a vicenda le cose pressoché più urgenti, cominciai a rendermi conto della situazione.

Molte cose non mi stupirono, le intuivo, capivo il perché di certe precauzioni essendo anch'io scienziato. Quello che mi stupì fu però che mio genero e mia figlia non soltanto erano difesi rigorosamente da possibili indiscreti, ma in sostanza erano come prigionieri guardati a vista. Una prigione dorata, è vero. Nulla mancava alle comodità della loro vita. Ma essi non potevano fare nulla che non fosse controllato da speciali sorveglianti messi accanto a loro e che non li perdevano di vista un istante. La casa, chi la abitava e chi la frequentava, erano sorvegliatissimi. Nel civettuolo appartamentino dove viveva Alak con mia figlia, io rimasi allibito a causa delle difficoltà che avevo dovuto superare per arrivare sino ad essi e delle prove che avevo dovuto subire. Alla casa, dentro il recinto della "città vietata" non potevano accedere che persone addette ai lavori e alla sorveglianza, previ, caso per caso, accertamenti e controlli. Era difficilissimo ai miei parenti ricevere visite, e i rari visitatori, prima d'esser lasciati entrare, dovevano dare ampio conto di sé, erano perquisiti, interrogati. Se venivano per la prima volta, il loro passato anche remoto era scandagliato per vedere quali erano state in ogni tempo le loro idee politiche, se avevano o avevano mai avuto rapporti, e di che genere, e quando, con la potenza che tentava con tutti i mezzi di carpire il segreto della terribile arma.

Gli stessi abitanti della "città vietata" non potevano uscire senza speciali permessi, difficilissimi ad ottenersi e per ragioni eccezionali, e in essi erano minuziosamente fissati il percorso, le soste, le persone da vedere, ecc. In tutto questo, accompagnati o seguiti da sorveglianti, i quali mutavano volta a volta, per evitare che stringessero rapporti troppo amichevoli con i sorvegliati. Ma la cosa che più mi stupì fu il constatare che anche i sorveglianti erano a loro volta sorvegliati da altri sorveglianti.

Gli stessi abitanti della "città vietata" non potevano nemmeno uscire la sera per andare a teatro, al cinema. D'altronde, acciocché non avessero ragione di varcare i cancelli del recinto e non dovessero privarsi di questi svaghi, il governo provvedeva a tenere nell'interno della "città vietata" cinema e teatri.

Naturalmente erano sorvegliati i telefoni, la posta, quelli che scrivevano loro e quelli a cui essi scrivevano, gli amici, i conoscenti, i fornitori. Questi ultimi, in verità, non entravano nemmeno nel recinto. Lasciavano ai cancelli i loro pacchi, che venivano presi in consegna dalla polizia della "città vietata": il contenuto di essi veniva accuratamente esaminato. Tutto quello che entrava e, soprattutto, che usciva, veniva controllato.

Servitù non conveniva tenerne, perché essa avrebbe fatto aumentare la sorveglianza in quanto nella casa ci sarebbero stati anche quelli che dovevano sorvegliare la servitù e, naturalmente, quelli che dovevano sorvegliare i sorveglianti, ecc. ecc., quasi all'infinito. Invece di avere dei domestici sorvegliati, le famiglie preferivano avere soltanto i sorveglianti. Tuttavia la sorveglianza si svolgeva col maggior possibile tatto e discrezione.

Mio genero, naturalmente, aveva dovuto giurare di non rivelare il segreto a nessuno, nemmeno alle persone più intime. Idem gli altri scienziati e tutti gli addetti ai lavori benché questi ultimi non sapessero un bel nulla del segreto.

«Forse» domandai a mio genero «del segreto ne sapete un poco per ciascuno?»

«No» mi disse, «a conoscerlo interamente siamo in tre: il capo dello Stato, io e il prof. Fournier Borksteiner. Gli altri san tutti soltanto una piccolissima parte e ignorano l'uno dell'altro. È come un mosaico di cui ognuno possiede una pietruzza e ognuno non soltanto non conosce le altre pietruzze, ma non sa nemmeno chi le possiede. Non possono comunicare. Non possono ricostruire il mosaico. Io e mia moglie siamo sotto controllo continuo, come tutto quello che ha attinenza con noi.»

«È una schiavitù.»

«Non c'è niente da fare. Comunque, per queste ragioni siamo tutti tranquilli.»

E tranquilli erano davvero. Ricordo una sera in cui leggemmo nei giornali che una spia aveva svelato la formula della bomba alla potenza nemica. Alak rideva.

«Non è possibile rivelarla» disse, «perché questa formula, come ti ho spiegato, la conosciamo soltanto io, Fournier e il capo dello Stato. Bisognerebbe pensare che uno di noi tre abbia tradito. Il che è assurdo. Anche se volessimo, non potremmo, tante sono le precauzioni.»

E mio genero mostrava una tranquillità assoluta sull'impossibilità di carpire la formula. Io non ero dello stesso avviso, perché una formula di solito non è affidata alla memoria ma è consegnata in carte, grafici, documenti trafugabili. Quando dicevo queste cose a mio genero, egli rideva. E rideva quando leggeva nei giornali: «Il nemico sta studiando i grafici trafugati e le formule».

«Studi, studi» diceva. «Se riuscirà a capirci qualcosa!... La verità, fuori che per noi tre è...»

Obiettavo: «Anche se le formule sono alterate in parte o in tutto secondo una cifra nota soltanto a voi tre e anche se spie son riuscite a carpire particolari della formula noti agli altri, qualche particolare da una parte, qualche particolare dall'altra, potrebbero ricostruire».

«Sta' tranquillo» diceva Alak, «non ricostruiranno niente. Troppo difficile. E ci siamo circondati di troppe cautele.»

Pensai anche che non esistessero documenti

scritti, che tutto fosse affidato alla memoria dei due scienziati.

Ma una sera scoppiò la bomba. Dico la bomba in senso figurato. Si sparse la notizia che Fournier era fuggito.

Non avevo mai visto Alak in uno stato di agitazione come quella volta. Era preso dal panico. E preso dal panico doveva essere anche il capo dello Stato che, dopo mezz'ora, era in casa di mio genero e balbettava, pallido: «Siamo rovinati».

Ma come? Fournier, il fedele, il taciturno, l'uomo che era come un fratello per mio genero, il quale avrebbe giurato su di lui, il teorico candido, disinteressato, quasi angelico, tutto immerso sempre nei suoi studi, aveva tradito. Ma perché?

I giornali di ora in ora portavano particolari: è stato visto qua... è stato visto là... un aereo speciale lo attendeva... una corazzata è stata messa a sua disposizione...

Davanti ai due uomini disfatti, io mi sentivo vergognoso per la scienza.

«Tu sei sorvegliato» dissi a mio genero «ma ricco, protetto, sei una potenza. Io dovetti fare tutto da solo. Sono povero e fui sempre povero. Eppure...»

«Ora» disse mio genero «siamo rovinati. Si scoprirà il segreto. Fournier è uno dei tre che lo conoscono.»

«Non avrà potuto portar con sé tutti gli studi.»

«È un segreto che facilmente può essere rivelato, quando si conosce. Tra poco non sarà più un segreto, tanto vale che lo conosca anche tu.»

Alak chiuse le porte e cominciò: «Per rivelarti il segreto farò conto di raccontarti questa storia fra mille anni. Immaginiamo d'essere nel tremila. Io ti racconto quello che, in fatto di bomba z, avvenne mille anni avanti (cioè ai giorni nostri)».

Dopo questo esordio, Alak cominciò il racconto.

«Uno degli aspetti più curiosi» disse «assunti dalla follia che colse gli uomini una cinquantina d'anni prima del 2000 concerne il segreto d'una terribile arma capace di distruggere il mondo. La cosa andò così: durante una guerra nella quale erano implicate le maggiori nazioni, si venne a sapere che a quest'arma lavorava da tempo un paese aggressore che aveva tutto il resto del mondo contro e che con essa contava di vincere tutti: senonché esso non fece in tempo a condurre a termine l'invenzione e fu sopraffatto. Gli studi della terribile arma caddero in mano al nemico, che d'altronde per conto proprio anche studiava la medesima cosa. Gli stessi scienziati del paese aggressore, caduto questo, passarono al nemico e poterono portare a termine i loro studi. Sicché la tremenda arma finì in possesso d'uno dei paesi che era destinato a esser distrutto da essa. Allora cominciò una strana guerra senza armi, consistente soltanto nel tentar di carpire il segreto di questa tremenda arma. Ora, perché tu possa indovinare il segreto, cerca di collegare certi caratteri comuni a tutti gli sviluppi della cosa, sui quali attirerò particolarmente la tua attenzione.»

Confesso che questo esordio mi aveva enormemente incuriosito ed ero tutt'orecchi.

«Tu sai» riprese mio genero dopo una breve pausa, che gli era servita forse per riordinare le idee «come cominciò questa storia, quando gli studi caddero in mano nostra e si costruì la bomba.»

«Cioè?»

«Il nostro paese ne fece un uso... Che specie di uso?»

«Bellico.»

«Naturalmente. Ma che carattere ebbe questo uso bellico? Quali furono i suoi aspetti?»

«Non saprei.»

«Fu un uso discreto.»

Alak calcò sull'aggettivo "discreto" e proseguì: «La impiegò, pare, una *sola* volta, in paesi *lontani*».

Continuava a calcare la voce su alcune parole. Questa volta sottolineò una *sola* volta e paesi *lontani*.

«Almeno» aggiunse, «così riferiscono i giornali del tempo. L'effetto dell'esplosione fu tremendo: *nessuno* scampò.»

Calcò sulla parola "nessuno" e seguitò: «Poi, perfezionatala, sperimentò la bomba in alcune isole oceaniche *preventivamente sgomberate da esseri umani*, o in qualche *deserto*, o zona *molto distante da centri abitati*».

Benché si trattasse di particolari di ovvia spiegazione, pronunziò queste parole lentamente, spiando l'effetto sul mio volto... Io aspettavo di capire dove andasse a parare. Proseguì: «Furono diffuse fotografie della tremenda esplosione e perfino cinematografie, prese, beninteso, a *gran distanza*».

«Ma è naturale» scattai, vedendo che l'altro accennava alla distanza, quasi con un sottinteso furbesco, come facesse chi sa quale rivelazione, «perché l'arma micidialissima aveva un raggio d'azione immenso.»

«Beninteso» continuò lui senza scomporsi. «E intanto proseguivano gli studi *avvolti nel più grande mistero.*»

«È logico» dissi. «Trattandosi di un'arma nuova, c'è sempre il segreto, c'è lo spionaggio, il controspionaggio e tutte quelle diavolerie che abbiamo visto o saputo o intuito.»

«Difatti» proseguì l'altro, imperturbabile ma con un tono leggermente ironico, come si divertisse a mettermi davanti agli occhi una cosa evidente, che io però non vedevo. «Difatti cominciò, come s'è detto, una strana guerra senza armi, consistente soltanto nel tentar di carpire il segreto di questa tremenda arma. E, dopo quello che ti ho detto, non hai ancora capito qual è questo segreto?»

Guardai sbalordito mio genero. Egli abbassò la voce, si guardò attorno quasi temendo che persino le pareti potessero udirlo, e mi sussurrò in un orecchio: «La bomba z non esiste!».

Ero rimasto di sasso.

«Capisci?» riprese mio genero dopo essersi goduta per qualche istante la mia stupefazione. «È facilissimo rivelare questo segreto. Finché sentivamo dire: "Il tale ha rivelato la formula", eravamo tutti tranquilli. Perché formula non esiste e il vero segreto era che non esiste. Un *bluff*. Come al poker. Intorno ci sono alcuni che vedono le tue carte. Tu dici: "Giurate di non rivelare la combinazione che ho in mano". Punti forte. Gli avversari credono che tu abbia in mano chi sa quale combinazione. Se qualcuno dice: "Il tale ha rivelato la combinazione che hai: una scala reale o un poker d'assi", tu sei tranquillo. Nessuno immagina che il vero segreto è questo: "Nessuna combinazione".»

«E i grandi impianti?» balbettai. «Le fotografie? I film? Gli scoppi lontani?»

«Per far credere che esiste.»

«E i giuramenti?»

«Si fa giurare di non rivelare "che non esiste".»

«Ma come!? Si minacciavano e si rischiavano guerre, unicamente per carpirsi il segreto di quest'arma destinata a vincere le guerre? L'arma non veniva mai usata perché troppo tremenda? Soltanto se ne minacciava l'uso?»

«Ora, rivelando che la bomba non esiste, si espone il nostro paese al pericolo di un'aggressione. L'umanità non era trattenuta che dalla minaccia della bomba. E questa è la ragione per cui si faceva credere che esistesse. Ora che si saprà che non esiste, chi tratterrà i nemici dallo scatenarsi? Da un attimo all'altro aspetto lo scoppio dello scandalo.»

«Sarà sempre meglio che lo scoppio della bomba.»

Ed ecco si sentì la radio. Alak seguiva pallido la trasmissione. Una trasmissione straordinaria, fatta dal capo dello stato nemico. S'udì la sua voce: «Lo scienziato Fournier è passato tra noi. Egli ci ha rivelato...».

Alak si portò le mani ai capelli aspettandosi d'udire «che la bomba z non esiste». Ma tosto un'espressione di stupore si diffuse sul suo volto. La voce proseguì: «... la formula della bomba z, che pertanto noi oggi siamo in grado di costruire e abbiamo già costruito».

Alak era strabiliato. Dunque il nemico stava al giuoco?

E se, pensò a un tratto, realmente Fournier avesse fornito loro una formula che non aveva dato a lui?

Ora era il nemico che bluffava, o faceva sul serio? Aveva carpito il segreto di bluffare, o possedeva il segreto d'un'arma terribile? E poteva Alak smentire il nemico, rivelando che nessuna formula poteva essergli stata fornita dal transfuga, in quanto formule non esistevano? Certo, questo poteva dirlo solo Fournier adesso, anche se avesse fornito una formula segreta nota a lui soltanto e ch'egli non aveva finora dato nemmeno ad Alak. Ma in questo caso più che mai occorreva far credere che la bomba esistesse.

Ora occorreva fabbricarla davvero.

Fu fabbricata.

La malignità

Con molta abilità tenendosi nascosto dietro il gruppo di gente in attesa alla fermata del tram, Nicolò, controllore tranviario, aspetta al varco quelli che scendono dalla parte dove si deve salire. È l'ora di punta, il tram è affollatissimo, non è possibile traversare la calca per scendere dalla parte opposta. Questo si sa e non si può stare a fare i pignoli. Ma in casi simili è facile che qualcuno – specie fra quelli che stanno sul montatoio in grappoli umani – riesca a fare il tragitto senza pagare il biglietto. Nicolò è appunto a caccia di qualcuno che scenda senza aver pagato il biglietto.

Un tram si ferma, un passeggero s'apre un varco nella calca di quelli che salgono, scende. Per poco non è rimasto senza giacca nella ressa.

Nicolò, quasi spuntando di sotterra, gli appare davanti improvviso e, sornionamente cortese, gli dice con un tono insinuante: «Scusi, signore, vuol favorire il biglietto?».

Nella sua voce trema la speranza di trovarlo in contravvenzione. Non per la multa da riscuotere o per l'abuso da stroncare, ma per il piacere di sorprendere l'altro in difetto. È la voce che potrebbe avere un gatto quando comincia a giocare col topo catturato, se i gatti usassero linguaggio umano. Si sente che Nicolò pregusta già l'imbarazzo, la confusione dell'altro colto in fallo e si prepara a godersi queste sensazioni squisite.

Dal canto proprio il passeggero è tutto contento d'esser incappato nel controllore, perché fortuna vuole che abbia fatto il biglietto. È contento non tanto per la soddisfazione d'essere in regola, d'aver compiuto il proprio dovere o di evitare la multa, quanto perché sa che il controllore preferirebbe coglierlo in fallo e così lui gli farà un dispetto e in un certo senso gliela farà in barba, frustrando le di lui speranze di fargli la contravvenzione.

Difatti, quando il passeggero gli presenta il biglietto, Nicolò non si rallegra, come sarebbe logico, di trovarlo in regola. Guarda accigliato quel pezzetto di carta. La sua fronte non si spiana. E a un po' della severità con cui avrebbe trattato il passeggero, se l'avesse trovato senza biglietto, non sa rinunziare. Mentre restituisce il rettangolino dopo averlo esaminato, ha l'aria di dire con lo sguardo: Per questa volta l'ha scampata bella, ma un'altra volta guai a lei.

Dal margine del nastro asfaltato fra i boschi scintillanti di foglie verdi, Ludovico, agente della polizia stradale, vedendo apparire alla svolta un'automobile, si porta in mezzo alla strada e fa cenno al conducente di fermare. Chiede il libretto di circolazione. Lo sfoglia, severo. Il libretto è in regola. Ludovico lo restituisce e chiede la patente. L'esamina. Anche su essa, niente da dire. Ludovico la restituisce e dice all'automobilista di mostrargli il funzionamento delle frecce, del fanalino posteriore, dei fari, dei segnali acustici. Tutto è in regola e Ludovico, fra le montagne, si fa sempre più scuro. Spera non di trovare tutto a posto, ma di scoprire almeno qualche piccola irregolarità, e resta male perché non ne trova nessuna. Questo quasi lo indispettisce. Nel duello fra lui e l'utente della strada ha vinto quest'ultimo, ora. Ludovico finisce per essere aspro. Certe volte in questi casi, è addirittura scortese. Mentre talvolta, al contrario, quando trova l'irregolarità si rasserena. Per conseguenza finisce con l'essere quasi gentile e benevolo verso colui il quale non è in regola, più che non lo sia verso colui che è in regola. Perché quest'ultimo non ha nulla da temere da lui ed egli non lo tiene in sua mercé, sia pure in cosa di poco conto. Mentre col primo sa di poter essere severo e anche di poter essere longanime e indulgente. Il trasgressore, colui che non è in regola, gli dà modo di esercitare la propria autorità, il proprio potere; di sentirsi superiore a lui; e questo gli fa piacere e lo mette in uno stato d'animo benevolo proprio verso colui che meno lo meriterebbe.

Di mattina presto, alla stazione, Edoardo, vigile in borghese dell'imposta consumi, confondendosi fra i viaggiatori che scendono dal treno della campagna, ne sceglie a occhio uno con una valigia, che ha l'aria d'essere pesantissima e gli si avvicina sornione. Gli mostra la tessera.

«Per cortesia, signore» dice mellifluo, esagerando nel tono riguardoso, «vuol favorire al controllo bagagli?»

Stessa situazione del controllore tranviario Nicolò: Edoardo spera di cogliere in fallo il viaggiatore e questi gode d'essere in regola, l'uno e l'altro non per la cosa in se stessa, ma per il gusto di far dispetto l'uno all'altro. In sostanza, entrambi, per il fatto d'essere sgraditi l'uno all'altro.

C'è quasi in certi casi una voluttà del rendersi antipatici.

E notare che tutti i personaggi delle coppie suddette sono gli stessi che in altre circostanze farebbero di tutto per rendersi graditi l'uno all'altro ed eviterebbero con cura qualsiasi cosa potesse renderli invisi l'uno all'altro.

Malignità della malignità.

Per malignità c.s. il controllore Nicolò spera di sorprendere il passeggero senza biglietto.

Per malignità c.s. il passeggero gode ad essere in regola.

Ma poiché sa che l'altro per malignità spera di sorprenderlo senza biglietto, non gli basta la soddisfazione soltanto di dargli lo smacco d'essere in regola; ma per godere d'una ulteriore e più raffinata malignità, finge nel primo momento d'essere senza biglietto; gode nel vedere una luce di speranza accendersi negli occhi del controllore alla sua simulata costernazione, gode allo scornacchiamento di quello quando egli alla fine tira fuori il biglietto.

(Idem, mutatis mutandis, negli altri casi succitati.)

Invece i controllori dei treni non hanno di queste malignità. Essi non godono nel cogliere il viaggiatore senza biglietto, anzi preferiscono che tutti siano in regola. Sono più semplici e, per così dire, umani.

L'aggettivo "umano" è usato qui impropriamente, come sinonimo di comprensivo, buono, generoso. Di questo mondo è piuttosto la malignità che la reciproca sopportazione, indulgenza, comprensione.

Confidenze d'un maligno

Voi non lo immaginate, ma la malignità è un piacere, in certi casi addirittura una voluttà. È una cosa che si assapora, che si centellina. Eppure non sono cattivo. Non lo fo per cattiveria. Godo a far dispetto. Certe volte per me è un godimento essere antipatico, pedante, seccatore, e sapere di esserlo. Tra parentesi, novantanove volte su cento l'antipatico vuole esser tale. Sa benissimo di esserlo. Potrebbe non esserlo, con un po' d'attenzione e dominandosi. Invece si compiace d'esser dispettoso, gode a non far piacere; lo capisce, eppure continua. Ha l'ambizione d'essere odiato, come altri ha quella d'essere benvoluto, di lasciare eredità d'affetti.

Entro in un negozio di tovagliati per comperare un asciugamani. Il commesso, un giovanotto sparuto e dall'aria famelica, si fa in quattro dietro il banco, s'agita elettrizzato, tira giù mezzo negozio.

Un altro, al posto mio, si compiacerebbe di tanto zelo e direbbe: «Com'è gentile questo commesso!». A me una cosa simile basta per urtare i nervi. Perché non sono un ingenuo, anzi sono un furbo, e questa è la disgrazia. Perché la malignità, come l'indulgenza, deriva dal fatto che s'indovinano le cose. Io indovino la ragione di tanto zelo: di solito queste compere le fanno le donne, che sono più agguerrite; il venditore sa che un uomo è una facile preda per lui; o almeno lo crede. Evidentemente il commesso pensa d'aver trovato in me il pollo da spennacchiare ed è contento, forse perché ha una percentuale sulle vendite, o forse soltanto per far vedere al proprietario com'è bravo a vendere.

«È un'occasione, guardi» mi dice, «ne prenda almeno un paio.»

Penso: Già, poiché mi vede uomo solo, crede d'aver trovato l'ingenuo e vuole appiopparmi quello che gli pare. Vuole infinocchiarmi. Potrei rispondere recisamente, magari un po' seccato per la sua insistenza: «No». Ma preferisco – ed ecco la soddisfazione a esser maligni – illuderlo un po', giuocare con lui come il gatto col topo. Con dolcezza, in modo che costui pensi di poter rompere facilmente questa debole resistenza, dico un no quasi incerto. Al commesso non par vero d'aver trovato un soggetto malleabile – così crede. (Sta fresco. Povero illuso!)

«Abbiamo questo tipo che è anche più conveniente» insiste.

Mi mostra altra merce, apre una quantità di scatole. Io non voglio privarlo di tutte le speranze. Lo guardo con un sorriso cortese. Ripeto con un tono come fossi indeciso se comperare o no: «No».

E godo a far sentire al commesso che, pur con un tipo così molle, egli non riesce a far comperare altro. Godo a dargli qualche altra speranza per il piacere, poi, di vederlo deluso. Il commesso non abbandona la presa. Mi domanda se mi occorre altro. Mi propone delle tovaglie. A me fa piacere continuare a illuderlo e poi, con calma, quasi con dolcezza, con cortesia – come se credessi ingenuamente le sue insistenze dettate da premura invece che da interesse – dirgli: «No, grazie».

Vista la mia dolcezza, quello s'imbaldanzisce, insiste con altre proposte di acquisti. Lo lascio parlare con benevolenza, come se la cosa m'interessasse, come fossi convinto, d'accordo con lui e stessi per far l'acquisto. Poi di nuovo con dolcezza: «No, grazie».

Alle lodi che quello fa della merce, consento con un sorriso benevolo, lo sto ad ascoltare come fossi sempre più convinto e ben disposto. Poi, sempre con quel sorriso, con dolcezza, apparentemente esitante ma con una segreta fermezza che so incrollabile: «No, grazie».

Alla fine, dopo averlo fatto ben bene sfogare in tutti i tentativi e in tutte le lusinghe, me ne vado. Il commesso mi saluta con un sorriso cortese, che maschera l'esecrazione per me. Certe volte, mentre esco, mi par d'udirgli proferire a fior di labbra parole malevole. E anche questo è per me ragione di godimento: vuol dire che ho raggiunto lo scopo.

L'apostolo

Rovesciata la monarchia e instaurata la repubblica a Lisingrad, uno dei primi atti del nuovo governo fu – a circa un secolo dalla morte di quel grande – di ordinare solenni onoranze alla memoria di Bonaventura Carlsar. L'apostolo repubblicano, l'uomo che aveva dedicato tutta la vita all'idea e che mai questa aveva scisso da quella di patria, il martire che per essa aveva sofferto l'esilio, che era stato maestro di intiere generazioni e che aveva profetizzato i nuovi tempi, già da molti anni aveva monumenti in tutta la nazione, e strade, piazze, scuole, teatri, cinematografi, erano intitolati al suo nome in ogni città. Ma ora che il suo vaticinio era un fatto compiuto, s'imponevano più alti onori.

Fu deciso che i resti mortali del profeta sarebbero stati traslati in un grande mausoleo eretto per accoglierli. E con l'occasione fu deciso anche che, aperta la tomba, si sarebbe proceduto alla ricognizione della salma. Austera cerimonia, alla quale fu ammessa una piccola folla di personalità: il presidente della giovine repubblica, i presidenti delle due camere, il capo del governo con tutti i ministri, le alte cariche dello stato, i maggiorenti del partito repubblicano, i rappresentanti delle associazioni patriottiche coi labari, il sindaco della città, il prefetto.

Nella grigia mattina piovigginosa, il gruppo varcò in silenzio i cancelli del cimitero. C'era anche una commissione di tecnici e un gruppo di giornalisti e di fotografi. I passi scricchiolavano sulla ghiaia dei viali, la pioggerella sottile dava un'impreveduta mestizia a questa cerimonia, che doveva essere soltanto solenne.

Presso la tomba c'erano già gli operai specialisti e, a un segnale dell'ingegnere del Comune, cominciarono i lavori. Sollevata la pesante lapide, apparve la cella sotterranea dove cent'anni prima era stata deposta, da uno sparuto manipolo di seguaci, la bara. Questa, sistemate le corde, fu tratta con ogni cautela alla luce. E quando si vide apparire quel feretro corroso, coperto di polvere e di ragnatele, un brivido di commozione percorse tutti gli astanti.

Fu tolta con reverenza la polvere e apparve sul coperchio la targa di bronzo su cui era chiaramente leggibile «Bonaventura Carlsar», con le due date estreme della sua vita.

Una viva commozione fece fremere più d'uno quando cominciarono a cigolare le viti che chiudevano il coperchio. Non era facile farle girare dopo tanti anni. La ruggine le aveva corrose. Con cautela furono fatte saltare l'una dopo l'altra e, tolto il coperchio, fu messa allo scoperto la cassa di zinco. S'udì per qualche istante il ruggito del saldatore che scioglieva la chiusura di piombo. Il resto lo fecero le forbici trinciatrici.

Ora voi, usi ai racconti sensazionali e formalizzandovi dalla minuziosa descrizione delle varie operazioni, immaginerete che, tolto l'ultimo coperchio, nella cassa non si trovi più il corpo del grande pensatore; o che se ne trovi un altro al posto di quello. Niente di meno esatto. Mentre tutti si scoprivano, apparve lo scheletro corroso del grande repubblicano.

Non occorreva del resto procedere a una vera e propria identificazione, perché tutti i sigilli erano stati trovati a posto, la tomba non era mai stata aperta. Si trattava più che altro d'una formalità. Con profonda emozione, alcuni si curvarono sullo scheletro, mentre delicatamente il medico provinciale apriva il sudario in cui era stato drappeggiato il corpo prima d'essere chiuso nella bara.

Allora si vide che la salma incartapecorita stringeva nelle scheletrite mani un breve cilindro metallico, quasi un piccolo cannocchiale. Fu una sorpresa per tutti. Evidentemente, un documento col quale il grande pensatore aveva voluto essere sepolto. Forse le sue ultime volontà, un testamento morale.

Con riguardo fu preso l'oggetto. Era infatti un astuccio e, apertolo, vi si trovò dentro un rotolo di carta corrosa e dall'aspetto incenerito sulla quale s'intravedeva qualche segno. S'intuivano, più che non si vedessero, una dozzina di parole; il tempo le aveva quasi del tutto cancellate, ma non tanto da non far capire che esse erano state tracciate dalla mano di quel grande.

Fu immediatamente telefonato alla sovrintendenza e pochi minuti dopo giungeva sul posto il professor Livin, il restauratore di fama internazionale, coi suoi assistenti e l'occorrente per decifrare il misterioso documento sul quale si appuntava, com'è logico, la curiosità ansiosa di tutti i presenti, contenendo esso certamente l'ultimo pensiero dell'apostolo repubblicano.

Il professor Livin, dopo aver esaminato attentamente il foglio, lo sottopose a una preparazione, indi lo immerse in una bacinella. Con l'occhio a una lente, attese che il liquido agisse.

Tutti trattenevano il respiro. Si sarebbe sentita volare una mosca.

Dopo circa un quarto d'ora d'attesa Livin alzò il capo. Un'espressione di trionfo gli brillava nello sguardo.

«La leggibilità è quasi raggiunta» mormorò.

Attraverso il liquido della bacinella cominciavano a scorgersi meno confusi i contorni delle dieci o dodici parole del documento. Fra poco i posteri avrebbero saputo quello che in articulo mortis, e quasi d'oltretomba, aveva voluto trasmettere loro l'apostolo repubblicano.

Il professor Livin porse una lente al presidente della repubblica. Con profonda commozione questi si curvò sul foglio. Ma tosto un grido gli sfuggì dal labbro ed egli si alzò portandosi una mano agli occhi.

«Leggete» rantolò, «è inaudito!»

Tutti si curvarono sul documento. Di pugno dell'apostolo repubblicano, si leggeva chiaramente: «Vi ho fregato tutti: nell'intimo, io ero monarchico».

La pratica

Di buon mattino Giuseppe saltò a terra dalla brandina che per un tanto a notte occupava nel corridoio d'un vecchio stabile che, con grande rabbia del proprietario, era stato risparmiato dai bombardamenti. Poiché il tanto a notte comprendeva il diritto d'affacciarsi alla finestra della cucina almeno una volta al giorno nella buona stagione, egli volle avvalersi di questa facoltà, benché non fosse del tutto in regola coi pagamenti. Così, malgrado la larvata opposizione della vecchia padrona di casa e non senza pericolo d'un torcicollo a causa della strettezza del cortile su cui affacciava la finestra, poté constatare con la più grata sorpresa che era una bellissima giornata. Senza por tempo in mezzo tornò nel corridoio e a sua figlia Anna Maria, che ivi occupava un'altra brandina e che aveva un aspetto di vecchierella malgrado i suoi vent'anni circa d'età, gridò con impeto gioioso: «Vestiti, si va all'ECA».

Frase significante ch'egli aveva intenzione di recarsi alla sede di questo ente comunale non, come potrebbe credersi, per diporto o per semplice visita di cortesia, ma per chiedere quell'assistenza indicata dalla terza lettera della sigla, le due prime lettere indicando le parole "ente" e "comunale". Per queste spedizioni periodiche, egli soleva dedicare speciali cure alla propria toletta. In primo luogo s'asteneva rigorosamente dal farsi la barba e persino dal lavarsi la faccia, indi s'arruffava un po' la capigliatura, d'altronde non troppo folta, e per finire si strappava qualche bottone dove poteva.

Per queste ragioni fu pronto in men che non si dica. La limpida mattina scintillante di sole invitava all'aperto e Giuseppe si sentiva pieno di vita anche – per quello che particolarmente si riferisce al passo che s'è detto – per il fatto d'essere disoccupato e privo di risorse. La fortunata circostanza di essere in possesso di alcuni certificati medici attestanti malattie varie sue e di sua figlia, non faceva che accrescere la sua euforia e in complesso egli si sentiva un leone. Sentiva d'avere il coltello dalla parte del manico e d'essere in una botte di ferro. E anche se lungo la strada la sua balda sicurezza fu di quando in quando fuggevolmente offuscata dal pensiero che l'essere in una botte di ferro rende quanto mai problematico l'uso d'un coltello, sia pure tenuto dalla parte del manico, alle nove e trenta precise egli varcava a passo di marcia la soglia d'una delle sedi del suddetto ente provvidenziale.

«Olà» tuonò gioiosamente, entrando nell'ufficio ad hoc, dopo aver fatto una coda la quale non aveva che aumentato la sua carica di vita e d'ottimismo, «olà! Veniamo a chiedere assistenza per la nostra famiglia.»

«Benissimo» disse il reggente dell'ufficio, «allora la signorina s'accomodi di là.»

E indicò ad Anna Maria un ufficio attiguo.

«Vado anch'io» esclamò Giuseppe.

«Mi dispiace» replicò Gustavo, «ma lo vieta il regolamento dell'ente, il quale vuole siano separatamente interrogati i membri delle famiglie che ad esso si rivolgono.»

«Ah, sì?» fece Giuseppe con una punta di contrarietà, ma sempre molto compito. «Vuol dire che in tal caso andrò alla sede centrale.»

E così dicendo prese la lampada dalla tavola e la spaccò sulla testa del funzionario.

«Come crede» mormorò questi.

E lungi dall'attendere chiarimenti circa lo strano procedere del postulante, allungò a costui un ben assestato pugno facendogli saltare tre denti.

Soddisfatto dell'andamento che prendeva la sua pratica, Giuseppe s'avviò verso l'uscita.

Angelo con le ghette

Insistendo nel programma di raccontare fatti realmente accaduti e della cui autenticità molta gente può esservi testimone, vi condurrò oggi, o lettori, nei giardini pubblici di Milano. È una rigida mattina di gennaio. Sotto la neve, freddi, intirizziti, due poveri disoccupati se ne stanno seduti su una panchina, mezzo rattrappiti dal gelo e dalle pene. Non sono due straccioni, no. Anzi, c'è della distinzione in essi, nei loro vestiti, nei cappotti, forse ultimi avanzi d'un guardaroba un tempo fornito. Sono di quei disoccupati che si vergognano della propria miseria, insomma. E questo deve aver capito un signore di passaggio, ben messo, ben portante, che a un certo punto s'avvicina ad essi e con garbo, con molto tatto, li induce a parlare.

Miseria, sì. Cercano lavoro. Qualunque cosa, pur di sbarcare il lunario, pur di portare qualcosa alla famiglia, per non essere considerati, oltre tutto, anche degli inetti proprio dalle persone al cui giudizio più si tiene. È un fatto che la disoccupazione, col senso che dà d'essere inutili, scoraggia e umilia al punto di far vergognare chi la subisce.

Basta, voi credete all'esistenza degli angeli, non è vero? E soprattutto degli angeli con le ghette?

I nostri due derelitti avevano sempre creduto che gli angeli fossero fole per bambini (errore!) e che, soprattutto, con le ghette non ne esistessero. Ma in quell'occasione dovettero convincersi che nelle gelide mattine di gennaio girano per la città, con le ali accuratamente nascoste sotto il cappotto, degli angeli con le ghette, con gli occhiali e con una borsa di cuoio sotto il braccio, per beneficare gl'infelici; e che il signore ben portante era né più né meno che una di queste celesti creature discesa fra noi dalla sfera del fuoco. Figuratevi: costui aveva appena udito i casi dei due meschinelli, che disse loro con un sorriso pieno di comprensione: «Ho un lavoro per voi. Un impiego».

«Fisso?»

«Fisso. Venite con me. All'Intendenza di Finanza. Hanno bisogno di personale, lì.»

L'Intendenza di Finanza è a due passi dai giardini pubblici. Ma fosse stata anche in capo al mondo, i due avrebbero seguito il loro buon angelo. Si mossero pieni di speranza dietro di lui, che intanto spiegava: «Sapete, si debbono aumentare le tasse e hanno davvero bisogno di gente attiva».

«Benedette le tasse!» ripetevano i due sgambettando nella gelida fanghiglia.

Dopo poco salivano le scale del severo edifizio (severo in tutti i sensi).

«Aspettate qui» disse loro il buon angelo con le ghette, introducendoli in una stanza, «dovete sottoporvi a una visita medica. È regolamentare e, se non avete malattie, si risolverà in una semplice formalità. Ma se avete malattie, è meglio dirlo subito, ché non se ne fa niente.»

«Nessuna malattia» insistevano i due, «parola d'onore.»

«Bene, bene, si vedrà; intanto spogliatevi.»

E il signore se ne andò chiudendo la porta.

I due, allegri per l'insperata fortuna, cominciarono a denudarsi.

«Anche la camicia?»

«Naturalmente. Come alla visita militare, né più né meno. I sanitari del lavoro fanno visite accurate.»

L'uno dopo l'altro i vari indumenti volavano a far mucchio su una panca. Dopo poco torna l'angelo: «Pronti? Bravi. Passate nella stanza accanto, dove vi chiamerà il medico. L'ho già avvertito. Siamo perfettamente d'accordo su tutto».

I due (adesso erano loro che parevano angeli) passano un poco impacciati nella stanza accanto e si mettono ad aspettare. Aspetta aspetta, dopo circa mezz'ora (e i poverini erano ormai lividi come polmoni) s'apre la porta, un usciere s'affaccia e resta esterrefatto alla vista di due uomini in costume adamitico.

«Che fate qui?» grida.

«Aspettiamo il medico» balbettano i due battendo i denti dal freddo, «per la visita...»

«Medico?... Visita?... Aiuto!... Due pazzi!»

Conclusione: l'angelo con le ghette era sparito e con lui erano spariti gli indumenti dei due disoccupati. Ora non vi sembri una battuta di cattivo gusto, perché una volta tanto era proprio giustificata dalle apparenze: mentre, con panneggiamenti di fortuna, i due uscivano dall'Intendenza di Finanza, qualche passante, guardandoli, mormorava: «Guarda come riducono i contribuenti!».

Contro l'insonnia

Nella stretta camera d'albergo dove Arturo e Gustavo s'eran dovuti adattare assieme per mancanza d'altre stanze libere, l'afa della soffocante notte estiva, mescolandosi agli effetti d'una cena un po' più abbondante del solito, impediva al primo di prender sonno. Smaniando, sbuffando ad ogni movimento, egli si voltava da tutte le parti, tentava posizioni nuove e complicate, si metteva di traverso nel lettuccio, lasciava penzolare la testa dalla sponda, poi metteva la testa al posto dei piedi e questi sul guanciale, indi si metteva il guanciale fra le ginocchia, nella speranza che le acrobazie, gl'inconsueti atteggiamenti, la momentanea frescura d'una zona del letto non ancora occupata, gli conciliassero il sonno.

Ma questo non si decideva a venire.

Ciò che più gli faceva rabbia era di sentire nel letto accanto l'amico che, immobile, dormiva placidamente, come un sasso. Rabbia e invidia.

Ma la verità è che, senza che Arturo lo immaginasse, nemmeno Gustavo dormiva. Sembrava che dormisse, ma anch'egli soffriva l'afa e l'insonnia. Ma, mentre Arturo cercava il sonno nella dinamica, col cambiar posizione, lui lo cercava nella statica, nell'immobilità assoluta. Guai se avesse mosso un dito.

Certe volte gli pareva che stesse per sopraggiungere quella sospirata semincoscienza, quel progressivo obnubilamento dei sensi, che preludia all'addormentarsi e che, al suo primo manifestarsi, è come l'agognato annunzio che le pene dell'insonnia sono finite, dopo tanto tribolare. Ma bastava un fruscìo a farlo trasalire, a snidare e mettere in fuga quel nero uccello dalle ali silenziose che si chiama sonno. Figurarsi il fastidio che gli davano i movimenti dell'amico, i quali facevano cigolare le molle del letto; e figurarsi l'odio con cui lo sentiva sbuffare, smaniare. Un caro amico, sì, ma in questa circostanza l'avrebbe strozzato.

Dal canto proprio, Arturo, benché pure fosse affezionato a Gustavo, era intimamente furente di non vederlo soffrire (almeno così gli pareva). Avrebbe dato chi sa che per farlo destare, per vederlo soffrire anche lui, per aver compagno al duolo. O, almeno, per riuscire ad assopirsi, per sentire a un tratto dileguar la coscienza nel dolce nulla del sonno.

Dopo avere a lungo lottato con l'indecisione se alzarsi o persistere nei tentativi d'addormentarsi, si dié per vinto. Scivolò giù dal letto, andò alla finestra, i gomiti sul davanzale, a succhiare un alito d'aria meno afosa. Sperava almeno di stancarsi. Sperava che rinunziando decisamente al sonno, questo, spirito di contraddizione, venisse.

Non venne. Arturo non riuscì a stancarsi. Chi soffre d'insonnia cerca d'addormentarsi in una fretta che è proprio nemica del sonno. Tornò a letto.

La finirà di agitarsi, questo maledettissimo, pensava Gustavo.

Il capo sotto i lenzuoli, soffocando, cercava di non udire, evitava di protestare, di parlare, per non spezzare quel piccolo appiglio col sonno, che gli veniva dall'immobilità assoluta.

Arturo si ricordò d'aver letto chissà dove che, per combattere l'insonnia, ottimo sistema è passarsi un asciugamani bagnato sulla spina dorsale.

S'alzò di nuovo. Nella camera non c'era acqua corrente. C'era uno di quegli antiquati lavabi dove la bacinella poggia su un trespolo che ha, sotto, una brocca piena d'acqua.

L'insonne andò al lavabo, versò cautamente l'acqua nella bacinella.

Ma che starà facendo? pensava Gustavo.

Fremeva a sentire tutto quell'armeggìo, che

tanto più dava fastidio, quanto più veniva fatto cautamente, allo scopo di non dar fastidio.

Sempre cercando di non far rumore, Arturo immerse un asciugamani nella bacinella, lo intrise d'acqua e a fatica se lo passò sulla schiena con atteggiamenti di contorsionista. Il contatto freddo lo fece restare per un attimo senza fiato.

Poiché l'asciugamani gli grondava acqua su tutto il corpo, lo strizzò, indi se lo rimise sulle spalle, se ne coprì la schiena; quando non sentiva più il refrigerio, per essersi l'acqua intiepidita al contatto della pelle, tornava a immergere l'asciugamani, a strizzarlo, e ricominciava la cura del refrigerio sulla spina dorsale.

Che accidente starà facendo? continuava a pensare Gustavo, udendo l'affaccendarsi segreto nelle tenebre della stanza. Avrebbe strangolato l'amico.

Poiché era difficile bagnare tutto il dorso, Arturo pensò di sperimentare una specie d'autoflagellazione. Con l'asciugamani attorcigliato, si lasciò andare sulla schiena un colpo che schioccò forte, nettissimo, improvviso, facendo trasalire Gustavo.

Maledetto! ringhiò questi dentro di sé. Ma che fa?

Ravvivato dalla gelida sferzata, Arturo prese a flagellarsi metodicamente.

A un certo punto, nella traiettoria di andata, l'asciugamani s'impigliò nel trespolo, che si rovesciò con la bacinella piena d'acqua, e nella caduta travolse la brocca. Ma già, al primo inclinarsi del trespolo, Arturo s'era precipitato a fermarlo. Disgraziatamente, sul pavimento bagnato perse l'equilibrio, scivolò e finì lungo disteso in terra, annaspando per afferrarsi a qualche cosa. Sicché, all'improvviso fracasso infernale degli oggetti di porcellana infranti – brocca, bacinella, portasapone, portaspazzolini, bicchiere per lavarsi i denti, nonché un piccolo specchio tondo per la barba, il quale, mediante un braccio a volute barocche, snodabili, faceva corpo col trespolo – bisogna aggiungere il tonfo sordo e cupo del suo corpo nudo sul pavimento.

Parve che crollasse l'albergo.

Allo spaventoso fragore che squarciò d'un tratto la notturna quiete del piccolo albergo, Gustavo ebbe un guizzo nervoso e si sollevò nel letto.

«Maledetto!» urlò. «Cornuto! Che tu possa crepare!»

Si scagliò su Arturo, rimasto steso sul pavimento. I due s'avvinghiarono, si rotolarono fra i cocci, dando del capo negli spigoli dei mobili e nelle pareti, si morsero l'un l'altro a sangue, si graffiarono, si scazzottarono ferocemente. Indi, ansanti, barcollanti, torvi, s'inerpicarono sui rispettivi letti, si stesero e s'addormentarono d'un sonno profondo e placido.

Un'impresa colossale

Io non sono ricco. Ma non sono nemmeno un pezzente. E questo è il guaio. Appartengo a quel ceto di mezzo, che sta fra i ricconi e i poveracci. Il mondo, per intenderci, di quelli che non sono difesi né dalla Confindustria né dai Sindacati. Io non sono difeso da nessuno. Almeno fossi un proletario. Si farebbero degli scioperi, per me. Invece, per me, nessuno sciopera. E se non mi difendo io, non mi difende nessuno.

In conclusione, io non posso permettermi lo yacht, la piscina, la villa sull'Appia Antica, la Maserati. Ma mi contenterei, se...

Se non ci fosse mia moglie, che non si contenta. Lei vorrebbe appartenere al mondo di quelli che hanno la Maserati, lo yacht, la villa sull'Appia Antica e la piscina. E del non appartenervi, fa risalire la colpa a me. Non solo. A me fa una colpa di tutti i guai che ci capitano, anche se la prima vittima ne sono proprio io; di tutte le sopraffazioni che dobbiamo subire, di tutto quello che non abbiamo. Io debbo rispondere di tutto quello che avviene intorno a noi. Detto in parole povere, mia moglie pretenderebbe che io prendessi a botte tutti. E, poiché non lo faccio, è lei che prende a botte me.

Tra l'altro, siccome è un cervello vulcanico, escogita sempre qualche nuova idea che, secondo lei, ci farebbe diventare miliardari in quattro e quatt'otto. Idee che dovrei attuare io, naturalmente, o di cui io sarei *magna pars*. E siccome sono idee balorde, se la piglia con me, di fronte ai risultati. Vi voglio raccontare l'ultima. L'ultima in ordine di tempo, beninteso. Perché purtroppo non sarà affatto l'ultima, e chi sa cos'altro starà almanaccando.

Non so se l'idea le sia venuta quando, l'estate scorsa, siamo stati di passaggio, durante le vacanze estive, a Lourdes. Se siete stati in questa città, avrete certo notato che in tutti i negozi d'oggetti sacri, ricordi di Lourdes, eccetera, e pertanto in tutti i negozi, perché lì non ce ne sono che di questi, tra le immagini, i quadretti, le riproduzioni in tutte le misure della grotta con la scena dell'apparizione, le candele, gl'immensi berretti baschi, i cuori d'argento, le statuine della Vergine, si vede, in vendita, una straordinaria quantità di fiaschi, bottiglie vuote, bariletti, borracce, recipienti impagliati artisticamente, o rivestiti di cuoio, o in legno pirografato, d'ogni forma e dimensione.

Servono per quei visitatori del sacro luogo che desiderino portarsi via, per uso proprio o per farne dono a qualche infermo o a qualche persona cara, un po' d'acqua della miracolosa fonte o piscina. Chiusa nel caratteristico recipiente appeso al capezzale del letto, l'acqua verrà poi devotamente conservata per anni e usata, è il caso di dirlo, a goccioline, o a bicchierini per bibita, come rimedio contro i malanni, come preservatore da essi, o per semplice forma di devozione.

Ovviamente, a Lourdes si paga il recipiente, ma dell'acqua se ne può portar via gratis finché se ne vuole.

Forse, vedendo questo, le sarà venuta la prima idea d'una vasta impresa religioso-commerciale, o fors'essa sarà germogliata spontaneamente nel suo cervello vulcanico. Certo è che, tempo fa, mi espone un suo progetto grandioso: esportare negli Stati Uniti acqua benedetta. Non acqua particolarmente miracolosa, come quella di Lourdes, il che già sarebbe abbastanza ragionevole; ma, e in questo erano quelle che lei chiamava la novità e l'arditezza della sua idea, normale acquasanta, o acqua benedetta.

La quale, come sapete, è acqua naturale, comunissima, che sgorga da qualsiasi volgare rubinetto o fontanella. Soltanto, essa è stata benedetta da un sacerdote, ed è quella che si trova in tutte le acquasantiere, nelle chiese. L'acqua, per intenderci, che serve a farsi il segno della Croce, a benedire i fedeli, le case a Pasqua, i neonati al fonte battesimale, e che, entrando in chiesa o uscendone, si porge sulla punta delle dita alla persona che è con noi.

Direte: ma quest'acqua non si trova anche negli Stati Uniti, come dappertutto? Beninteso che si trova. Si trova dovunque ci sia acqua e un sacerdote per benedirla, in quanto si tratta, come ho detto, di comune acqua di fonte, o di pozzo, o di cisterna, benedetta da un sacerdote con un segno di croce e la relativa formula liturgica. Ma Luisa – così si chiama mia moglie – pensò ai molti fedeli d'oltreoceano, privati della possibilità d'una benedizione papale. Laggiù, lontani migliaia e migliaia di chilometri dalla capitale della cristianità, non possono giovarsi di essa. Ebbene, avrebbero avuto acqua benedetta dal Papa. Era in questo, secondo lei, la trovata, l'importanza e la genialità dell'iniziativa. Una benedizione non si può esportare in iscatola; ma dell'acqua benedetta, sì.

Evidentemente, la cosa comportava spese d'imballaggio, condizionamento, trasporto, resa a domicilio, vuoto a rendere, eccetera. Non si poteva pertanto far gratis un simile servizio. E lei aveva pensato che si sarebbe fatto pagare un tanto al litro il sacro liquido. Un prezzo, ovviamente, che, coperte le spese, lasciava un largo margine di utili. C'era stato il Concilio Ecumenico, da poco il Papa era stato a New York con le accoglienze che sapete. E Luisa pensò che il momento non poteva essere più adatto per una favorevole accoglienza d'un'iniziativa così pia, presso le alte sfere vaticane, nonché per un vasto smercio del prodotto, e quindi per guadagni a palate, perché la materia prima non costava una lira, ed era inesauribile.

E bisognava vedere come ne parlava, come s'infervorava, come s'infiammava. L'acqua, dopo essere stata benedetta dal Papa, avrebbe dovuto essere esportata in capaci botti e, perché no?, sviluppandosi l'impresa, anche in gigantesche navi cisterna, e rivenduta all'ingrosso e al minuto sul suolo americano.

«Non è» diceva Luisa, con lo sguardo acceso, e come ispirata «non è chi non veda l'importanza e la genialità dell'idea, suscettibile dei più grandi sviluppi. Nulla, in un secondo momento, vieterà un rifornimento capillare, press'a poco come quello che si fa oggi per la benzina. Grosse autobotti, o autocisterne mastodontiche, entreranno nei cortili vaticani, dove Sua Santità impartirà loro, dall'alto delle Logge di Raffaello, la sua apostolica benedizione. E quelle ripartiranno, per riversare il sacro contenuto in capaci navi cisterna, corrispondenti un po' alle odierne petroliere, che sarebbero, per così dire, delle colossali acquasantiere galleggianti.»

Con lo sguardo perduto nel vuoto, pareva inseguire la visione d'una flottiglia di navi piene d'acquasanta fino all'orlo.

«Col tempo» diceva, «si potrà snellire il servizio addirittura mediante un acquedotto, o, meglio, un acquasantadotto. Una grossa tubazione potrà portare direttamente il sacro liquido dal cortile di San Damaso ai porti d'imbarco. Una specie di oleodotto, insomma.»

E, alla parola "oleodotto" venutale per caso sulle labbra, già alla sua accesa fantasia balenava l'informe idea di far qualcosa di simile anche con l'olio santo da portare ai moribondi.

«Se ne può parlare in un secondo tempo» mormorava pensosa. «In tutto il mondo muoiono decine di migliaia di persone al minuto secondo.»

E ripigliava il progetto iniziale.

«Ai porti d'arrivo, il sacro liquido viene travasato in capaci autocisterne, che, come avviene sulla camionale Genova-Serravalle, lo porteranno a distributori sul tipo di quelli della benzina, dove i fedeli si potranno fermare a rifornirsi di dieci, venti litri d'acquasanta, o fare il pieno, secondo le necessità e le possibilità, o il grado di devozione.»

Né, secondo lei, c'era da temere che, come per la benzina, si scatenasse una specie di guerra del petrolio, o dell'oro nero, o sorgessero compagnie concorrenti.

«Perché qui» diceva «non ci sono pozzi da scavare, deserti da trivellare, sondaggi da compiere, tralicci metallici da innalzare. Il liquido è qui, bell'e pronto a un cenno di mano del Pontefice, né altri può averlo da altre fonti. Quindi, monopolio assoluto, impossibilità di concorrenza. Non c'è da temere che lungo le strade della repubblica stellata spuntino, come i funghi, distributori d'altri tipi d'acqua benedetta in concorrenza. Il Papa è uno, e altre acque non potranno essere benedette che da prelati gerarchicamente inferiori, da vescovi o da semplici parroci, il che è ben diverso.»

Luisa pensava notte e giorno al suo progetto e mi faceva una testa come un pallone. Mi svegliava di notte.

«Del resto» diceva, «non è necessario nemmeno pensare a costosi acquedotti. Il Papa può benissimo benedire una volta per tutte il rubinetto dell'acqua o le tubature, trasformando issofatto un qualsiasi normale impianto idraulico in quel particolare acquedotto. La fede si ha o non si ha. Se si crede a queste cose, niente vieta di credere che una benedizione faccia diventare acquasanta quella contenuta in una tubatura, come quella contenuta in un'acquasantiera.»

«Luisa» supplicavo, «lasciami dormire. Se ne parla domani.»

E lei: «Sei sempre il solito incapace, con te è impossibile fare un discorso serio. Ma immagina un congegno che trasformi l'acqua corrente in benzina. Tale, press'a poco, è la portata della mia idea, lo vuoi capire?, sol che alla benzina si sostituisca l'acquasanta...».

«Dici niente!»

«... che, se pure non ha un pari valore commerciale, ne ha uno spirituale infinitamente più alto.»

I progetti di Luisa, per il momento, non andavano tant'oltre. Forse ci sarebbe arrivata col tempo. Ma nel primo momento, non volendo fare il passo più lungo della gamba, aveva progettato un'esportazione, sia pure su larga scala, ma in forma ridotta e, per così dire, alla buona, un po' rozza, come avviene d'ogni cosa agli inizi: semplici carri botte, come quelli che servono a innaffiare le strade nei paesi, o camion carichi di botti e di barili pieni d'acqua, sarebbero entrati nei cortili vaticani, il Papa si sarebbe affacciato e avrebbe impartito ad essi la benedizione, ed essi sarebbero ripartiti per spedire la merce oltreoceano, come si fa col Chianti; e lì quella sarebbe stata rivenduta ai devoti al minuto: un litro, mezzo litro d'acqua benedetta dal Papa; un semplice bicchiere; perfino un bicchierino da liquore, per i meno abbienti. E recipienti con la scritta: «Infiascata all'origine».

Ovviamente, l'acqua non era destinata, o non lo era tassativamente, ad esser bevuta, ma a fare in tutto e per tutto l'ufficio d'acqua benedetta, con la particolarità d'essere stata benedetta dal Papa in persona. E scusate se è poco.

Anche con questo programma ridotto, però, erano indispensabili tre cose, tutt'altro che facili ad ottenere. Luisa non si nascondeva la difficoltà, ma aveva buone speranze:

a) assicurarsi la benedizione papale;

b) ottenere il diritto di fregiare i recipienti con la scritta: «benedetta dal Santo Padre», e poter corredare la merce dei necessari certificati di garanzia comprovanti l'avvenuta benedizione, con tanto di timbri vaticani;

c) assicurarsi l'esclusività del servizio; cioè, che il Papa non benedicesse anche botti o damigiane presentategli da altri.

Ché certo, dato l'immancabile successo d'un servizio che portava a domicilio dei devoti d'oltre oceano la benedizione pontificale, i concorrenti sarebbero spuntati fuori come i funghi, con un subisso di recipienti, botti, barili, fiaschi e secchi. Quindi occorreva assicurarsi il monopolio, oltre la benedizione papale. E questi erano i grossi scogli da superare.

Per essi, Luisa stilò una supplica, che io dovetti firmare, in cui si chiedeva che io fossi ammesso al bacio della sacra pantofola, per poter prostrare ai piedi di Sua Santità (era appunto questo lo stile del documento, vergato da lei con tutti i crismi della più rigida ortodossia) il pio progetto, ed ottenere le necessarie concessioni d'appalto del servizio, oltre, ovviamente, una particolare benedizione d'avvio. Preparò anche un ampio esposto, che io dovetti mandare a memoria, in cui era illustrata in tutti i particolari l'impresa ideata a maggior gloria e diffusione della fede.

Occorreva ora trovare un influente patrocinatore a cui consegnare la supplica e illustrare il progetto. Luisa aveva pensato in un primo tempo a un porporato, ma fu impossibile arrivare a tanto. Non si scoraggiò. Gira, cerca, scava, finalmente, ripiegando di grado in grado giù per la scala gerarchica, riuscì a trovare un monsignore disposto a ricevermi.

Costui, che presentava il vantaggio di avere l'ufficio entro le mura vaticane, mi fissò un appuntamento. Benché si trattasse di un semplice monsignore, Luisa volle che indossassi l'abito di rigore per le visite in Vaticano: frac con gilè nero e cravattina nera; anzitutto, con la speranza che mi conquistassi la costui benevolenza mercé tale riguardo; e poi perché, disse, non si sa mai, poteva darsi che il reverendo s'entusiasmasse talmente del progetto, da volerne far subito partecipe il Santo Padre, e mi conducesse negli appartamenti papali; e non voleva che mi trovassi impreparato.

Col cuore che mi batteva forte forte, varcai l'ingresso di Sant'Anna, salutato dagli svizzeri nel costume michelangiolesco giallo e blu. Percorrendo la via Sant'Anna, vidi tra l'altro uno che spazzava il selciato d'una via traversa, e gli feci un profondo inchino, immaginando fosse uno scopatore segreto di Sua Santità. Ma, come egli stesso ebbe a dirmi subito, era un comune spazzino. Come si fa a distinguerli? Del resto, melius est abundare quam deficere, in certi casi, per quel che si riferisce ai segni d'ossequio.

Dalle mani d'un gendarme passai a quelle d'un pretino che mi pilotò, m'istruì circa il cerimoniale della visita, mi condusse davanti alla porta dello studio del monsignore, e qui mi lasciò, dopo avermi dato una piccola spinta d'incoraggiamento.

In fondo allo studio, seduto a una tavola coperta di carte, si vedeva il monsignore intento a scorrere il mio promemoria, che gli avevo precedentemente inviato, perché, dopo l'udienza, lo facesse pervenire fino ai piedi del Soglio. Con le ginocchia piegate in una genuflessione che avrebbe voluto essere soltanto accennata, ma che a poco a poco era diventata completa, per la venerazione che m'ispirava il personaggio, la quale rendeva quanto mai faticosa una mezza posizione, io aspettavo che, sollevando il capo dalle carte, egli s'accorgesse di me e mi facesse cenno d'andare avanti.

Difatti, a un certo punto alzò il capo. Solenne nell'aspetto, ma bonario e ridente nel volto, con una maestà che irraggiava da tutta la sua persona, mi guardò per un po' in silenzio con due occhietti arguti che, nel fulgore che pareva riflettersi sull'ampio volto rasato, sembrava volessero studiarmi.

Nella posa di Cristoforo Colombo che espone alla regina Isabella la faccenda delle tre caravelle, m'accingevo a perorar la causa esposta nel promemoria, in cui ovviamente non si faceva il minimo accenno a guadagni, e si batteva soltanto sull'alto significato spirituale dell'iniziativa. Ma il monsignore mi fermò. Alzò la mano inanellata e, stropicciando l'indice e il pollice nel classico gesto di chi allude a quattrini, mi disse di lontano, con mia sorpresa, queste semplici parole: «Le piacciono i dollaretti?».

Senza darmi il tempo di rispondere, fece un'ampia oscillazione da destra a sinistra col braccio e l'indice teso e aggiunse: «Niente da fare!».

E, con la medesima mano, mi fé cenno di filare.

Io, come ho detto, ero da tempo finito in ginocchio. All'improvviso e imprevisto scioglimento, nonché a quel gesto di «fili, fili, fili!» – che, tra l'altro mi riportava come un fantasma il fastidioso ricordo d'un lontano episodio della mia giovinezza, quando a farmi quel gesto fu il professore di matematica, un placido grassone dall'aspetto prelatizio, una volta che vide apparire la mia testa spaurita nel vano della porta di classe, con un quarto d'ora di ritardo alla lezione – mi sentii infinitamente demoralizzato. Scoraggiato, avvilito, mi mancarono perfino la forza e la voglia di alzarmi. Girai faticosamente su me stesso e uscii ginocchioni, come certi pezzenti alle sagre paesane, o i penitenti che fanno la Scala Santa.

Il che molto stupì ed edificò i successivi visitatori introdotti dal solerte pretino, un gruppo di pellegrini, i quali, entrando, inciampavano confusamente su di me, che capitavo loro fra i piedi, a rischio di farli cadere; e più d'una signora in veli neri lanciò piccole grida di spavento, credendo si trattasse d'un grosso cane.

Anche gli svizzeri di servizio furono altamente edificati, vedendomi camminare ginocchioni, e mi fecero uno speciale presentat'arm, convinti, come tutti gli altri, che io camminassi così per un voto fatto, o per divozione spinta all'eccesso.

Non vi dico quello che poi è successo a casa, quando ho riferito a mia moglie l'esito dell'udienza. Bisognava sentirla. Una furia, è la parola.

«Sei sempre il solito imbecille» strillava, «non hai saputo illustrare il progetto!»

«Che vuoi illustrare, se non m'ha dato il tempo di aprir bocca!» gemevo io «è bastato che desse una scorsa al progetto scritto, per dare la risposta che ha dato.»

E lei: «Non sai farti rispettare. Dovevi prenderlo a calci!».

«E credi che con questo ci avrebbe fatto ottenere la concessione?»

Luisa m'ha indicato il tavolo con un gesto imperioso.

«Chiedi un'altra udienza!» ha strillato «chiedi un'altra udienza, per andare a schiaffeggiarlo!»

«Ma ti pare che si possa chiedere un'udienza a una persona, per andare a schiaffeggiarla? Fosse pure il più evangelico degli uomini, il più santo, non te la concede.»

Cercavo di farla ragionare.

«Te lo immagini» ho detto «il foglio della "richiesta di colloquio", da consegnare all'uscire? "Il signor X.Y. chiede di conferire con Z. Motivo della visita: schiaffeggiamento." E t'immagini gl'ignari svizzeri che fanno il presentat'arm a uno che va a schiaffeggiare?»

A un tratto, Luisa s'è come trasfigurata: scarmigliata, con gli occhi fuori dalle orbite, mi fissava con sguardo di folle.

«E lì?» balbettava pallida, fremente, con l'indice teso, «che hai fatto lì, disgraziato?»

E additava dietro di me. Mi sono girato, mi son guardato dietro, e ho cacciato un urlo che nulla aveva d'umano: nell'uscire dall'udienza, come v'ho detto, trascinandomi ginocchioni e calpestato dai pellegrini, avevo perduto una falda del frac, di questo nobile indumento che il popolino suole indicare col nome di battichiappe. Scomparsa!

«Un frac nuovo!» urlava Luisa in preda alle convulsioni, con la bava alla bocca. «Fatto fare per l'occasione! Questo delinquente! Questa canaglia! Ma questa me la paghi. Me la paghi quant'è vero Dio!»

Ha dato di piglio a quel che le capitava sottomano.

Il resto non ve lo dico. Per pudore.

Le seppie coi piselli

Le seppie coi piselli sono uno dei più strani e misteriosi accoppiamenti della cucina. Le seppie, da vive, ignorano in modo assoluto l'esistenza dei piselli. Abitano le profondità marine, nuotano lente e quasi trasparenti in una limpida luce d'acquario, fra strane masse sospese, tra ombrelli fosforescenti che pigramente s'aprono da soli sul vuoto e da soli camminano come fantasmi; tra lanternini che occhieggiano e si spengono, tra lievi alghe lucenti che ondeggiano appena, mentre nessun alito di vento le carezza, fra forme enigmatiche e lunghe, nere, bisce immobili. Laggiù non arriva notizia del mondo esterno, dell'aria, delle nuvole. Le seppie non hanno e non possono avere alcuna idea di quelle leguminose. Bisogna dire di più: non hanno alcuna idea delle leguminose in genere e degli ortaggi. Ma che dico: ortaggi? Esse ignorano addirittura gli orti, la terra, le foglie, l'erba, gli alberi e tutto il mondo fasciato d'aria. Non sanno che in qualche parte lontana esistono i prati su cui si rincorrono fanciulle con grandi cappelli di paglia e lunghe vesti leggere tra piccole margherite; ignorano i canneti. Non vengono a contatto coi piselli che dentro il tegame sul fuoco, quando sono già spellate, tagliate a pezzi e quasi cotte, che non è certo la condizione ideale per apprezzare la vicinanza di chicchessia, si tratti pure di personaggi rispettabili come i piselli.

Dal canto loro questi – ammesso che abbiano delle idee – non possono avere nella migliore ipotesi che un'idea molto vaga del mare. Più che altro per sentito dire. Sono chiusi nel baccello, poveri pallottolini ciechi che non si sa davvero per chi esistano, là dentro, e, se non ci fossero gli uomini a tirarli fuori, ben difficilmente vedrebbero il sole. Non vedono nemmeno i prati, l'orto in cui nascono, figurarsi il mare e le profondità di esso. E probabilmente delle seppie non avranno mai sentito nemmeno il nome. Eppure si direbbero fatti gli uni per le altre.

Ma l'uomo è uno strano animale. Fabbrica le barche, la fiocina, le lampade. Non si contenta di pescare in modo semplice e primitivo con la canna, o le reti, o le nasse, pesci più a portata di mano. Vuole anche le seppie. Di notte va sul mare lentamente costeggiando gli scogli in silenzio. Da lungi si vede l'abbagliante lampada, la luce che penetra nell'acqua e la colora, fruga le anfrattuosità degli scogli e dà qualche bagliore fuggitivo al volto intento del pescatore.

Intanto coltiva gli orti, pianta i piselli, li cura e sorveglia, li coglie. Poi porta tutto al mercato. Una mattina, ecco le seppie sul banco della pescheria, da una parte; e dall'altra, lontano, ecco i piselli nel reparto ortaggi. Ancora non si conoscono, ignorano l'esistenza gli uni delle altre. Fa freddo. Arriva la donna; qui entra in campo solitamente la femmina dell'uomo che, non paga di fare i figli, vuol fare anche le seppie coi piselli; quel giorno; perché non le fa tutti i giorni; questo non è il cibo particolare dell'uomo; è un capriccio, una raffinatezza, un dippiù; quel giorno le è saltato il ticchio di fare le seppie coi piselli; senza interpellare le seppie, senza domandare ai piselli se sono d'accordo. Femmina del re del mare, della terra e del cielo, compera le seppie e i piselli mediante il denaro guadagnato e fabbricato; perché l'uomo ha inventato anche il denaro, e lo fabbrica, lo guadagna, lo contende, lo nega.

Ma torniamo alla donna. Va a casa. Spella, taglia, scafa. Seppie e piselli – partiti rispettivamente le une dagli abissi del mare, gli altri dalle viscere della terra, s'incontrano in un tegame sfrigolando. Da questo momento i loro destini sono legati. Nel primo istante c'è un po' di freddezza, ma dopo poco, bon gré mal gré, s'accordano a maraviglia. Insieme vengono scodellati, insieme arriveranno a tavola, insieme verranno assaporati e lodati, né cercheranno di sopraffarsi l'un l'altro.

Consummatum est. Rientrano nel tutto. Hanno percorso fino in fondo le traiettorie del loro lungo viaggio e delle loro brevi vite che, con un'effimera fosforescenza nel buio dell'universo, si sono incontrate, fuse e spente.

Indice

La serena levità di Achille Campanile
di Silvio Perrella   5

Pantomima	15
La modella	19
Io sciatore	24
Le regge abbandonate	41
Il celebre scrittore	46
Paganini non ripete	53
Barnaba	57
Ferragosto	65
Il trumeau	73
Asparagi e immortalità dell'anima	89
I suoi capelli biondi	92
Dal parrucchiere	94
L'attrazione del vuoto	101
Il biglietto da visita	106
Il moroso	111
Avventura di viaggio	115

L'abisso	120
Gazzettino natalizio	124
L'omeostato	130
La squadriglia della morte	137
Centenari, o: il racconto del capitano Horn	141
Pazzi	148
Moglie e marito	154
La famiglia affezionata	174
La cartolina	180
La cura dell'uva	186
Il trovatello	193
Le miniere artificiali	195
Il telefono	202
Il freddo	207
Il segreto	211
La malignità	224
L'apostolo	232
La pratica	237
Angelo con le ghette	240
Contro l'insonnia	244
Un'impresa colossale	249
Le seppie coi piselli	264

000427

SIAE DALLA PARTE DI CHI CREA

Aut. P - 50 - 2017

Finito di stampare nel marzo 2017 presso
Elcograf S.p.A. - Stabilimento di Cles (TN)
Printed in Italy

ISBN 978-88-17-68043-1